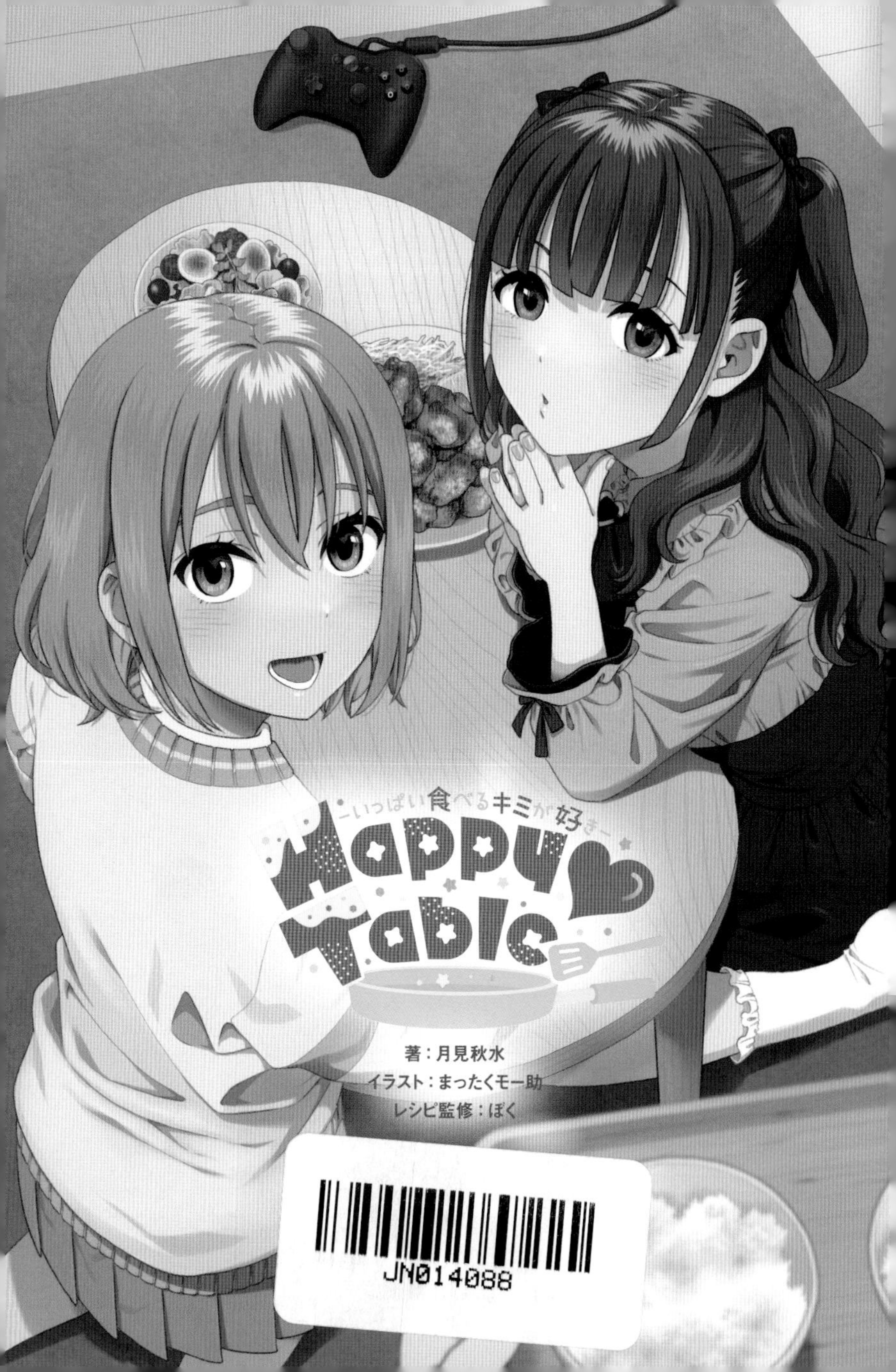
ーいっぱい食べるキミが好きー
Happy Table
著：月見秋水
イラスト：まったくモー助
レシピ監修：ぼく

第1話　扉イラスト

第1話　挿絵カット①

第1話　挿絵カット②

第2話　扉イラスト

第2話　挿絵カット①

第2話　挿絵カット②

premium super beer
SUPER BEER
PREMIUM
甘いような辛いような味
生ビール
お酒
350ml

第3話　扉イラスト

第3話　挿絵カット①

第3話　挿絵カット②

第4話　扉イラスト

第4話　挿絵カット①

第4話　挿絵カット②

第5話　扉イラスト

第５話　挿絵カット①

第５話　挿絵カット②

第6話　扉イラスト

第6話　挿絵カット①

第6話　挿絵カット②

第7話　扉イラスト

第7話　挿絵カット①

第7話　挿絵カット②

第8話　扉イラスト

第8話　挿絵カット①

第8話　挿絵カット②

第9話　扉イラスト

第9話　挿絵カット①

第9話　挿絵カット②

第10話　挿絵カット

第10話　扉イラスト

トマトジュース
TOMATO JUICE
トマト100%
UMAMI
生

キャラクターデザインラフ

おこメェ・ミニキャラ

おこメェイラスト：ぼく／ミニキャライラスト：ニコ

初期キャラクターデザインラフ

▶結菜初期ラフ
初期は丸目で
眉色が濃いめ。

▲水咲初期ラフ
髪が若干カール。
ほくろが頬に。

▶響香初期ラフ
髪が短く、目も猫目。
じつは髪色もピンクだった。

・はらペコヒロイン紹介 01

天真らんまん♡
フレッシュなゲーマー女子高生

桜木結菜

SAKURAGI YUINA

プロフィール

- 年齢：18歳
- 身長：153cm
- 体重：44kg
- 3サイズ：B77・W58・H80
- 血液型：B型
- 誕生日：4月15日
- 好きな食べ物：和食
  果物を使ったスイーツ
- 趣味・特技：ゲーム

主人公の隣の部屋に単身引っ越してきた山形出身の女子高生。明るく元気で表情がコロコロと変わる。実は人気ゲーム実況配信者・艶姫（つやひめ）としても活動中！

※プロフィールは10章終了時のものです。

表情コレクション

キャラクターQ&A 結菜にアレコレ聞いてみた！

Q. 休みの日は何してる?

友達の女の子と近所の野良猫を探し歩いて、色んな柄の猫写真を集めてるよ！　三毛猫の♂がレアなの！　目指せ151匹！

Q. 好きなファッションは?

白とかピンクとか可愛い色のお洋服なら何でも！　最近は可愛いパーカーと靴下を探すのが好きかな！

Q. 好きな動物は?

猫！　犬！　赤ちゃん！　つまり四足で歩く生き物だね！
ん……？　何か違う？

Q. 子供の頃どんな子だった?

雨の日は家でゲームして、晴れの日はお外で昆虫採集とかしてたよ！　でも、カブトムシはダメっ！

・はらペコヒロイン紹介 02

二人の距離感勉強中♡
不器用クールな日本美人

柊 水咲

HIIRAGI MISA

プロフィール

- 年齢：20歳
- 身長：160cm
- 体重：42kg
- 3サイズ：B76・W56・H77
- 血液型：A型
- 誕生日：12月26日
- 好きな食べ物：魚
（実は）甘いもの
- 趣味・特技：読書

主人公と同じ文芸サークルに所属し、よく本の貸し借りをする仲の女子大生。外見も中身も飾らない。人付き合いがちょっぴり不器用で、その言動はいつもストレート。

※プロフィールは10章終了時のものです。

表情コレクション

キャラクター Q&A 水咲にアレコレ聞いてみた！

Q. 好きな動物は？

クジラとペンギンが好きね。家で飼える生き物ではないけれど、特定の場所でしか生きられないはかなさにも良さがあるから。

Q. 好きな小説のジャンルは？

ジャンルにこだわりはなくて、何でも読むわね。ホラーとかメリーバッドエンドで終わる、少しの暗さと余韻がある物語が好きよ。

Q. 子供の頃どんな子だった？

読書ばかりで、他人と交流をしなかったわ。あの頃の私にとって友達や恋人は、フィクションみたいな存在だったかもしれない。ふふっ。

Q. 好きなファッションは？

服なんて着られれば何でも……。でも、青や白を基調とした服は好き。海を連想するから。

・はらペコヒロイン紹介 03

恋と食事はホットがお好み♡
ちょいダメお姉さん

唐木田響香

KARAKIDA KYOKA

プロフィール

- 年齢:23歳
- 身長:163cm
- 体重:50kg
- 3サイズ:B92・W61・H90
- 血液型:O型
- 誕生日:8月1日
- 好きな食べ物:揚げ物
　お酒&おつまみ
- 趣味・特技:絵を描くこと

主人公と同じアパートに住む面倒見のいいお姉さん。近所のコンビニでアルバイトをしており、業務中は頼れるしっかり者。積極的で男女ともにスキンシップが多め♥

※プロフィールは10章終了時のものです。

表情コレクション

キャラクター Q&A 響香にアレコレ聞いてみた！

Q. 好きな動物は?

犬！　ふかふかで大きくて、白いワンちゃんが好き。子供の頃飼えなかったから、友達の家の犬を日が暮れるまでモフモフしてた！

Q. オススメのコンビニ商品は?

食べ盛りの男子には大盛りの BIG パスタ！　可愛い女の子にはチョコエクレア！　どっちも当店の売れ筋、大人気商品でーす!

Q. 子供の頃どんな子だった?

男子と公園でサッカーとかしてたよ。キャップを被ってたから、たまに男の子だと間違われてさ。今はこんなに美人でセクシーになったけどね♥

Q. 最近のマイブームは?

缶のレモンチューハイ！　コンビニのスナック菓子をおつまみに飲むのが至福なの！　あとは……お気に入りの男の子と一緒にお酒を飲むこと。ふふっ。

・はらペコヒロイン紹介 04

甘さたっぷり♡
あざと可愛い一途な後輩

甘城ノア

AMASHIRO NOA

プロフィール

■ 年齢：19歳
■ 身長：152cm
■ 体重：43kg
■ 3サイズ：B85・W56・H78
■ 血液型：AB型
■ 誕生日：10月8日
■ 好きな食べ物：お菓子、甘口のカレー
■ 趣味・特技：アクセサリー作り

主人公の高校時代の後輩。自分の可愛らしさを最大限に活かす振る舞いをする。顔出しの配信者・NOAとしても活動しており、ゲーム実況などでも人気急上昇中。

※プロフィールは10章終了時のものです。

表情コレクション

\HAPPY!/

\PUNPUN!/

\SAD....../

\QUN♡/

キャラクター Q&A ノアにアレコレ聞いてみた！

Q. 最近のマイブームは?

スマホゲームで課金することです！　欲しいキャラが出る希望と、お小遣いが一瞬で溶けていく絶望ってスリルがありますよねぇ。

Q. 子供の頃どんな子だった?

ええと……小学生の頃はちょっと内気で、自由帳が友達な感じで……じゃなくて！　い、今みたいに可愛い女の子でしたけど何か!?

Q. 好きなゲームのジャンルは?

基本的にはアクションとホラーですね。数字が稼げるので★　あ、あとたまに乙女ゲーをすることもありますけど……勉強のためですからね?

Q. 好きなファッションは?

甘ロリ寄りのゴスロリ系です★　寝る時以外はお家でもこの服装ですね。え?　寝る時は高校のジャージですけど……あ。い、今のは無しで！

CONTENTS

Recipe 01

「たまなとナイショをおすそわけ」

「よし、今日の講義のレポートはこれで終わりだな」

三月の末。肌寒さが和らぎ、間もなく桜が咲き誇る季節になろうとしている頃。

アパートの一室で、俺はノートパソコンの打鍵を止めて座椅子に背をもたれる。

浅生理人《あそうりひと》、大学二年生。一人暮らしを始めて二年目、県内の私大に通うのにも、こうしてレポート作業するのにも慣れた俺だが、一つだけ『慣れないこと』ができた。

「お隣さん、今日も楽しそうに何かをしているなぁ」

アパートの壁越しに、左隣の部屋から何やら楽しげな声が聞こえてくる。

先週引っ越してきた、高校生の女の子だ。名前は桜木結菜《さくらぎゆいな》。引っ越しの挨拶で一度だけ顔を合わせたが、可愛《かわい》らしい、いかにも今時の女子高生という感じだった。

高校生の身分で一人暮らしをすること自体は別にいい。彼女にも事情があるのだろう。

「だけどこれは流石《さすが》に驚いたな……」

挨拶の際に、「ちょっと大きな声を出しちゃうかもしれないけど」なんて言っていたが、平日の夕方とはいえ結構なはしゃぎ方だ。殆《ほとん》ど内容は聞き取れないからいいけど。

夜になると声が控えめになる辺り、配慮はしてくれているようだしな。

「お隣ＪＫはさておき、そろそろ夕食の準備でもするか」

タブレットを持って立ち上がり、俺はキッチンに向かう。

動画サイトでお気に入りのゲーム実況を垂れ流しながら、冷蔵庫を漁《あさ》り使えそうな食材を選定する。

料理が趣味というほどではないが、俺は一人暮らしを始めてから極力、簡単な物でも自炊をするように心がけていた。

コンビニ飯やファストフードも好きだが、大学生の懐事情を考えると毎日食べられる物じゃない。貧乏学生だからこそ、日々の工夫と節約が大事なのだ。

「冷蔵庫には卵、ソーセージ、にんにくと調味料、コーラだけか……食えなくはないが、栄養不足な食事になりそうだ。野菜があればいいけど、贅沢《ぜいたく》は言えないよなぁ」

俺は食材を台所に並べ、メニューを思考しながらタブレットに目をやる。

抜群のゲームセンスを持つ、有名配信者の生放送。ゴールデンタイムということもあって、同時接続数は一万近い数字を叩《たた》き出していた。

配信者の名前は、艶姫《つやひめ》さん。顔出しはしていないので素性は謎に包まれているけれど、ゲームに関する知識や技術から、推定年齢は二十代半ばとされている。

今プレイしているゲームも新作ではなく少し古いもので、俺が小学生の頃に発売された、高難易度のアクションゲームだ。それを明るく楽しみながら、簡単にクリアしてしまう。

「案外同い年かもしれないなあ。こんな女性が恋人だったら楽しそうだ」

恋愛経験が少ない俺なりに、理想の恋人を想像してみる。

お互いの趣味や時間を尊重しあえて、一緒に居て楽しい人。年齢は近い方がいい……かな？

そんな大雑把な好みしか浮かばない、自分の恋愛経験値の低さに悲しくなっていると。

『い……んっ、ぎにゅぁあああ！　いやぁあああ！』

「うわぁっ⁉　な、何だ？」

甲高く響くシャウトと一瞬のノイズに、思わず耳を押さえる。

どこから出た音なのか困惑していると、次に部屋のドアがぶち抜かれそうな勢いでノックされ
……いや、ノックというかパンチとキックだろ、この音⁉

忍び足で玄関に近付くと、ドアスコープを覗くよりも先に大きな声が響いた。

「お、お、お隣さぁん！　居ますかぁ⁉　居ますよね！　今日も一日暇人ニートのように部屋に籠《こも》りっぱなしで、外出した気配無かったですし！　だから居ますよねぇ⁉」

「うわ、扉越しにお隣ＪＫが死ぬほど失礼なこと言ってやがるぞ」

「あ！　やっぱり居るじゃないですか！　い、今すぐ開けてもらえますか！　世界一可愛い女子高生に大変なことが起こってしまったので！　早くぅ！」

「チェーンかけておいて良かった。さて、料理の続きをするか」

「ぎゃあっ！　さ、さっきの失言は謝るからぁ！　は、早く開け、て……ぇ」

急に語気が弱くなったのに気付き（関わりたくない気持ちを抑えて）ゆっくりとドアを開けた。

そこには、何にも繫《つな》がっていない有線のヘッドフォンを首から下げ、ゲームのコントローラーを手に持ち、額に汗を滲《にじ》ませて息を切らしているお隣さん――、桜木結菜が居た。

「これは……事案、かな？」

「ひ、酷《ひど》いよぉ！　可愛い女子高生が今にも死にそうな目に遭っているのに、すぐにドアを開けてくれないなんて！」

事情も分からぬまま、俺はお隣JKを部屋に上げてしまった。

できれば今すぐにでも帰って欲しいが、半泣きで息を切らしている彼女が不憫《ふびん》に見え、ついついコーラをあげてしまったら、俺の部屋で完全にリラックスモードに入ってしまった。

「あー……それはごめん。だけど何があったか説明してくれるか？　昨今は理由も無く女子高生を部屋に上げるのは危険だし」

お隣JKは思い出したかのように表情を変える。

「そ、そうだった……！　へ、部屋にアレが出たの！　黒くて光る、あの虫が！」

「あー、ゴキブリね。女子高生らしくて可愛いところもあるな、君は」

「ん？　違うよ？　カブトムシ。びーとる、びーとる！」

「カブトムシぃ!?」

「そうそう。私、ゴキもセミも大丈夫だけどカブトムシは苦手で……関東はすごいよね。こんな季節でもカブトムシが居るなんて」

「いや、この季節なら関東でも珍しいけどな!?　どこかの家から脱走したのかな。それくらいならすぐに片付けるよ」

俺はお隣JKと一緒に隣室に向かい、パソコン前の座椅子の上でくつろいでいたカブトムシを部屋から逃がしてやった。強く生きろよ、びーとる。

「さて、これで大丈夫か？」

一仕事終えてお隣ＪＫの顔を窺《うかが》うと、彼女は安堵《あんど》の溜息《ためいき》を洩《も》らしながら座椅子に腰を下ろした。

君の嫌いなカブトムシが座っていた場所だぞ、そこ。

「ありがとう、お兄さん！　何かお礼しないとだね？」

「ああ、それは別にいいよ。君は引っ越してきたばかりで、まだまだ大変そうだし」

部屋の中は引っ越しの荷解きが終わってないのか、服や小物が雑多に取り出され、放置されている感じで荒れ果てている。まるで廃墟《はいきょ》だ。

「だからお礼よりも自室の片付けを……え？」

俺が思わず目に留めたのは、結菜の座る背面にある、デスクトップパソコンだった。

そのモニタに表示されている画面をもう一度注視しようとして――。

「ところでお兄さん、さっき何か作っていたの？　料理の続き、とか言っていたけど」

お隣ＪＫに尋ねられ、俺は慌ててモニタから目を逸《そ》らして答える。

「あ、ああ。夕食の準備だよ。そろそろいい時間だし」

夕食。そのワードを聞いたお隣ＪＫは、顔の前で急に手を合わせる。

そしてゆっくり頭を下げ、申し訳なさそうに細い声を漏らした。

「わ、私の分のごはんも、作ってください……っ！」

「凄い量の野菜だな」

お隣ＪＫにごはんをねだられ、俺はそのまま部屋の片隅にあった段ボール箱を見てくれと頼まれ、思わず声を漏らした。

中に入っている大量の野菜は、お隣ＪＫの実家から送られてきた物のようだ。

「お祖母《ばあ》ちゃんが趣味で作っているの。私が一人暮らしをするって聞いて、送ってくれた物なんだけど」

「これが趣味の範疇《はんちゅう》か……すごいな。というか、君はどこ出身だっけ」

「世界一即身仏の数が多いことで有名な、山形県だよ！」

「女子高生が自らの出身地をＰＲする時にチョイスするものじゃなくない⁉」

無難なところだとさくらんぼとか、洋梨の収穫量が多いことで有名だ。

それに東北は美人が多いとか。これは俗説だし、目の前のＪＫは美人だが残念な子だ。

「お祖母ちゃんがせっかく作ってくれたお野菜をダメにしたくなくて。でもどうすればいいかずっと悩んでいて……それで、ね？」

恥ずかしがる彼女の視線の先には、コンビニ弁当の容器やエナジードリンクの空き缶が積み重なった台所がある。

なるほど、察した。

「分かった。実を言うと俺も夕食の材料に困っていたところだ。この野菜を使わせて貰《もら》えるなら助かる」

「本当⁉　じゃあこの野菜で何を作ってくれる？　ステーキとか？」

「野菜をステーキに変えたら神もドン引きするだろ……」

だけどステーキか。そんな上等な物は無理だが、一つ閃《ひらめ》いたレシピはある。

「よし、決めた。今日は【アレ】にしよう」


俺は自室にお隣ＪＫを招き、台所にて調理の準備を進める。

食材の下準備をしていると、彼女は置かれていたタブレットを持ち上げた。

「お兄さん、このタブレットの裏に貼ってあるシールは何？」

「ああ、それは俺の推している配信者さんのマスコットキャラ『おこメェ』だよ。艶姫さんってい う、推定二十代くらいの顔出しＮＧの大人のお姉さん。知っているか？」

「……うーん、どうかなあ？　ちなみに艶姫さんのどこがいいの？」

「まずゲームの腕前はもちろん、明るく元気なところだな！　観ていて楽しくなるし、少し低い声も好きだ。一度ＳＮＳでやりとりしたのは尊い思い出で……あ？」

つい語ってしまうと、お隣ＪＫは口元を押さえてニヤニヤしていた。例えるなら「うわ、オタク君って普段無口なのに早口で喋《しゃべ》るね（笑）」と、言わんばかりの笑みだ。

「ふーん？　お兄さんってその艶姫さんのこと、大好きなんだぁ？　もしかして今日も配信を観ていたとか？」

「……さて、この話は止めて調理を再開しようか！」

とはいえ調理自体は簡単なもので、殆ど炒めるだけだ。

「まずはフライパンににんにくのみじん切りと、油を少量入れて温める」

加熱するとにんにくの色が変わり、徐々にスパイシーな匂いが漏れてくる。

「香りが出てきたら切ったソーセージとキャベツを入れて、火が通った後で調味料だ」

「おいしそうな匂いー！　やっぱりたまなって何にでも使えるし最高の食材だよね！」

「たまな？」

「山形ではキャベツをたまなって言うの。大きくて値段も安くて、五十円とかで売っている時もあるよ！　この辺のスーパーで買うと小さくても百円は超えるよね。『どだなだず！』って叫びたくなるよ」

「知らない単語の解説中に知らない単語を混ぜないでくれる？」

「フライパンの中はいい具合に混ざっているのに？」

お隣ＪＫに指摘され、俺は慌てて炒める手を動かす。

「ちなみに『どだなだず』は『どないやねん！』的なニュアンスだよ」

「なるほど。方言が別の方言になったのは無視するとしよう」

俺は丼にごはんをよそい、炒め終えた食材を乗せる。最後に中央にバターと黒胡椒《こしょう》をお座りさせれば――。

「よし、〈キャベツのガーリックバター丼〉の完成だ。簡単だから、君でも作れると思うよ。包丁くらいは握ったことあるだろう？」

「うん！　攻撃力高くてすごく好き」

「俺と君とで包丁の用途が違うのは分かった」

「うそうそ。ゲームでの話ね！　それよりも……ね？」

お隣ＪＫは丼を持ち上げ、口元に涎《よだれ》を滲ませながら恍惚《こうこつ》の表情を浮かべている。

まるで誕生日に玩具を買って貰った子供だな。可愛いところもあるじゃないか。

「そうだな。そろそろ食べようか。そこのテーブルを使っていいぞ」

「わーい！　いただきます！」

俺たちは丼と箸を手に着席し、「いただきます！」と声を揃《そろ》える。

持ち上げられた白米を黄金色に染めるバターは、まるで雲海を照らす日の出のようだ。

そんな食卓の絶景を口に運んだお隣ＪＫは、目を細め、ゆっくりと咀嚼《そしゃく》しながら味わう。

「ふわぁ……たまなとソーセージをにんにくで炒めたものが、こんなにおいしいなんて。たまなも、山形に居る時は何も思わず食べていたのに、不思議」

手作りのご飯が久々だからか、目尻には僅《わず》かに涙さえ浮かべているように見えた。

「うーん！　コンビニのお弁当とは全然違う！　ソーセージから出るうま味と、たまなの甘さがしあわせぇ……！」

「そうだな。香ばしいバターはもちろん、にんにくと黒胡椒のおかげで刺激もある。キャベツの柔らかなシャキシャキ感が楽しい」

お隣ＪＫから貰った食材一つで、料理がこうも変わるなんて。山形のキャベツもとい、たまなのおいしさがそうさせるのだろうか。

互いに感想を呟《つぶや》いてから、俺たちの手は止まることを知らない。

「お米とたまな、たまなとソーセージ。ソーセージとお米。えへへ。一つの丼でも食べ方を変えると、味が変わって楽しい！」

一口含んでは笑みを浮かべ、ごはんを持ち上げる度にその目に味への期待が滲む。

飽きないという言葉通り、彼女は食べ終えるまでずっと最初の一口を繰り返すように、とっても幸せそうな顔を何度も見せてくれたのだった。

元々笑顔が可愛い子だと思ったけど、俺の作った料理がその笑顔を作っているのだと思うと、何だか面はゆい。


「おいしかったー！　ごちそうさまです、お兄さん！」

「はい。お粗末様でした」

お隣ＪＫは米粒一つ残さず、綺麗《きれい》に平らげてくれた。

自分の料理を振舞った相手に喜んで貰えるのはとても嬉《うれ》しい。食べてくれた相手の、幸せそうな笑顔を見て、改めて実感する。

「私、一人暮らしを始めてずっと心細かったの。でもお兄さんがごはんを作ってくれて、料理する姿も素敵で、味もおいしくて……何だか、すごく幸せな感じ。ふへへ」

照れ臭そうに笑うお隣ＪＫだったが、女の子が見知らぬ土地に一人で暮らす不安は、想像に難くない。

「だからありがとう、お兄さん。やっぱりお礼をさせて！」

「いや、野菜を分けて貰えただけで十分だよ」

「だめだめ！　お兄さんが良くても私が納得できないの！　よし……決めた！」

お隣ＪＫはテーブルに手を突いて、身を乗り出して俺に笑いかけてくる。

その頬に一粒だけごはん粒をつけながら、満面の笑みで。

「今度から私のことを、結菜って呼んで？　私はお兄さんのことを、りーくんって呼んであげるから！」

俺はその提案に思わず首を傾げた後で、つい噴き出してしまった。

「あはは。素敵なお礼だな？　じゃあそれでいいよ。これからよろしく、結菜」

「うんっ！　りーくんも、これからよろしく！」

俺たちは何故《なぜ》か流れで握手をして、名前を呼び合った。

結菜の手は小さくて、だけど温かくて。春の陽気のようだった。

「ところで……結菜。ずっと気になっていたことを聞いていいか？」

「仕方ないなぁ。愛用の下着は明るい色が多めです！」

「俺は暗い色が多いです。そうじゃなくて……結菜ってもしかして、艶姫さんと知り合いか？

実はリア友同士とか、その――」

突然途切れた配信。悲鳴。直後に飛び込んできた結菜。そして彼女の部屋で見たパソコンのモニタに映る画面はどこか、見覚えのあるものだった。

その答えを求める俺に、結菜は一瞬驚いたけれど、すぐに口元に笑みを浮かべる。

「えへへ。本当は秘密だけど、りーくんには教えてあげようかなー？　だって……【私】の大ファンみたいだから」

そう呟いて結菜はスマホを取り出し、画面にツイッターのプロフィールを表示する。

そこには俺のタブレットに貼られているシールと同じアイコンを使っているアカウントが浮かんでいる。そしてその横には、俺の『推し』の名前が並び――。

「私はりーくんの大好きな配信者こと、艶姫でーす！」

何より配信用に『作った』その少し低い声が、「桜木結菜」が、俺が愛してやまない「艶姫さん」であることを証明してくれた。

「ねえ、りーくん。これから二人でいっぱい、ナイショのことをしていこうね！」

推しの配信者が、俺の名を呼ぶ。

推しの配信者が、俺の飯を食べる。

推しの配信者が――、
お隣に引っ越してきた、女子高生でした。

＼作中に登場したお手軽レシピをご紹介！／

春キャベツのガリバタ丼

レシピ制作：ぼく

材料（1人前）

キャベツ……120g
ソーセージ……2本
にんにく……1片
バター……5g
鶏ガラスープの素……小さじ1/2
醤油《しょうゆ》……小さじ1
油……大さじ1/2
黒胡椒……適量

作り方

❶フライパンに大さじ1/2の油、みじん切りにしたにんにくを入れ、弱火で炒める。

❷香りが出てきたら斜め切りにしたソーセージ、千切りにしたキャベツ、醤油、鶏ガラスープを入れ強火でガンガン炒める。

❸丼にごはんをよそい、あつあつのキャベツを乗せる。

❹中央にバターを乗せ、黒胡椒をかけたら完成！

※お好みでソーセージをひき肉、バターを卵にしてもGOOD！

シャキシャキキャベツとバターのコクがたまらない！

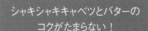

Recipe 02
「二人の距離、実験中。」

「さて、これで一息つけるな」

土曜日。提出期限間近のレポートを仕上げ、スマホの待ち受けに目をやる。

時刻は午後一時。昼食の時間には丁度良いが、まだ空腹とは言い難い感じだ。

「来客までですることもないし、気晴らしに散歩でも行くか」

俺は財布とスマホをポケットに入れ、近所を歩こうと決めて部屋を出る。

すると、まったく同じタイミングで隣室のドアが開いた。

「あ、りーくんだ。お出かけ？」

「まぁ、少しな。結菜は？」

お隣に住む女子高生こと、桜木結菜だ。先日俺は彼女に料理を振舞ってから、結菜の実家から送られてきた大量の野菜を分けてもらったり、気が向いた時は夕食を差し入れたりもするようになったのだが、実は……。

「私は都内までゲームを買いに行くの！　ホラーなやつ！　今日のゲーム実況配信は夕方からだよ！　良かったらその財布の中身をデジタルマネーに両替して、投げ銭してね！」

「これが新時代のカツアゲかぁ。というか、堂々と外でゲーム実況の話をするな」

結菜は動画サイトで、『艶姫』という名義でゲーム実況を行っている。

何を隠そう、俺は艶姫さんの大ファンだった。推しと言ってもいい。

しかしそれは、所謂《いわゆる》「中の人」が結菜であることを知る以前の話だ。

「私が身バレしているのは、家族とりーくんだけだし大丈夫！　こんなに可愛いらしい女子高生と秘密を共有出来て……ドキドキする？　ねえねえ？」

嬉しそうに俺の頬を指で突く結菜。チクチクするからやめてね？

「むしろ逆だな。無名の頃からずっと応援していて、程よい距離感で見守るのが良かったわけだ。大好きな人が登録者数を伸ばして喜ぶ、その幸せを共有するのが……ん？」

気付けば俺の演説を受けている結菜は、何故だかとても照れ臭そうに笑っている。

「えへへー？　これって今、私告白されている最中かな？　年上の男性は好きだし、料理が出来てゲーム実況への理解もあるし、考えてあげてもいいよ！　でへへ！」

「待て、違う。全ッ然違う。俺にとって艶姫さんと結菜は別人だ。だからごめんなさい。お友達のままでいましょう」

「え？　あれ？　今私、告白されていると思ったらフられていた!?」

唇を尖《とが》らせて「ぶーぶー」と抗議するお隣JK。喜怒哀楽の変化が激しすぎる。

「中の人とキャラは別だ。アニメで例えると分かりやすいか？」

「あー、なるほど。私も好きなキャラ居るけど、演じている声優さんはキャラと正反対のタイプだからちょっと苦手かも」

「分かってくれて何よりだ」

すると、結菜は不安げな表情を浮かべ、弱気な声で俺に尋ねてくる。

「……じゃあ、りーくんは『艶姫』さんが好きで、『桜木結菜』は嫌い、なの？」

「嫌いじゃない。大切なお隣さんだと思ってるよ」

答えを聞いた結菜は、嬉しそうな笑みを浮かべる。

照れたと思えば笑い、落ち込んだかと思えばまた笑う。表情豊かだよな、この子。

「いぇい！　それならオッケーです！　それじゃあ私、そろそろ行くね！　今日の配信でまた会おうね！　いってきまーす！」

言うが早いか、結菜は跳ねるような足取りで去って行った。

「まったく……結菜と知り合ってから、毎日飽きないな」

小さな背中を見送ってから、俺も散歩へと向かった。


外の空気を吸ってリフレッシュした俺は、お茶を飲みながら一息ついていた。

すると、『ピンポーン』と、電子音が室内に響く。

「お、来たか」

インターホンを聞いた俺は玄関に向かい、施錠を解いてドアを開く。

そこに立っていたのは、まるで日本人形のような和風美人だった。

少し重めの前髪から覗く、切れ長の綺麗な目。艶《つや》やかな黒髪のロングヘア。

肌の露出を嫌うようなロングスカートは、彼女にとても似合う。

「こんにちは、浅生君。今日もとても素敵な顔をしているわね」

開口一番褒めてくれるのは嬉しいが、目も口元も笑っていない。これはお世辞だ。

無感情で平坦な声を出す彼女の名は、柊水咲《ひいらぎみさ》。

俺が通う大学の同級生で、同じ文芸サークルに所属している友人だ。

「あのな、柊……褒めてくれるのは嬉しいが、もう少し上手《うま》くお世辞を言えるようになってくれないか。無表情で言われても困る」

「おかしいわね……私が読んだ『ちょろい男の子を落とす百の技術』の中では、こうすれば彼女の居ない非モテ男子は喜ぶと書いてあったけど」

「おかしいな？　俺、ちょろい非モテ男子だと思われているの？」

とんでもない本を読んでいやがる。非モテなのは否定出来ないけども！

柊は元々読書に関しては雑食な方だが、ハウツー本みたいなものも読むのか……。

「実験は失敗ね。それより浅生君、あなたに頼まれていた小説を持ってきてあげたわ」

「いつもありがとう。お金に余裕が無い時は全然本を買えないから、助かるよ」

文芸サークルに属してはいるものの、昨今の本は高価だ。特にしがない大学生には文庫本以外の書籍はなかなか手が出せない。うちのアパートは柊の帰路にあり、余計な遠回りをせず寄ることが可能なため、彼女が大学から帰る途中に、度々こうして本の貸し借りをする。

「それで、今日はもう帰るのか？」

「いいえ。駅の近くにある本屋をいくつか回ろうと思っているの。次に読む本を探したいから。その前に……浅生君、一つお願いがあるのだけど」

柊は何故か部屋の奥を見つめる。

「ここで栄養補給をしていってもいい？　今日はお弁当があるから」

柊の独特な『食事』を表現する言葉に、俺は軽く苦笑しつつ。

「構わないよ。狭い部屋だけど、良かったら上がってくれ」

俺の言葉を受け、柊は「お邪魔します」と呟いてから玄関に入って靴を脱ぐ。

そして向かい合ってテーブルに座ると、彼女はトートバッグからお弁当を取り出そうとする。

「柊が弁当を持っているのは珍しいよな。一体どんな……え？」

カン。カン。カンッ。

軽快な音を響かせながら、テーブルに置かれたのは三つの銀の物体。

それは弁当というにはあまりにも小さく、貧しく、彩りのない……缶詰だった。

「特売品のツナ缶。オイル入り。三個。三日分のお弁当よ」

「こ、これが弁当……だと？」

「え？　容器に可食物が入っていたらお弁当よね？」

「俺が知らないだけで、柊はどこかのディストピア出身だったりする？」

「SF小説みたいに？　残念だけど、私は生まれも育ちも茨城県なの。都会の人間からしたらディストピアかしら？」

「そんなことないだろ。俺は好きだぞ、茨城。自然の名所が多いのが特にいい」

俺が茨城をフォローしていると受け取ったのか、柊は少しだけ口元を緩ませ、「冗談よ」と返してくれる。

ブラック
ツナ
ツナ

「私も好き。育った町には色々な思い出があるし。日本一大きい大仏もあるわよ」

「あ、聞いたことあるぞ。百メートルを超えているよな」

「そうね。冬になったらレーザーで全身ライトアップされて、花火もバンバン打ち上げられるし、実は動くのよ」

「マジかよ！　何だよそれ……格好良すぎるだろ。見てみたくなった」

「すごいでしょう？　まあ大きさ以外嘘《うそ》だけど」

「何で嘘吐《っ》いた⁉」

「父が幼い頃、私に吐いた嘘を真似してみたの。反応を見るに、大成功ね。茨城は海も近くてお魚もおいしいから、一度くらいは行ってもいいと思うわ」

「なるほど。でも花火とライトアップで彩られる大仏もかなり興味あるぞ」

テーブルの上に置かれたツナ缶を眺めながら、俺はあることを思いついた。

「なあ、柊。これを使ってもいいか？」

「いいけど……何か作るの？」

「そうだな。今日はパスタを作ろう！」


「パスタの調理は簡単だ。まずはオリーブオイルでにんにくを一片炒めて、香りが出るまで加熱」

「でも、面倒な作業もあるわよね？　具材を炒めたり、お鍋でパスタを茹《ゆ》でたり」

柊の言う通り、普通のパスタならそうだろう。だけどそんな本格的な調理はこの料理には必要ない。

「きのこ類、パスタ、唐辛子、ツナ缶にコンソメ。そしてミニトマト。具沢山《だくさん》だからそう見えるかもしれないが……今回はこれを丸ごとフライパンにぶち込むだけだ！」

たくさんの具材がフライパンに詰め込まれているところに、水を加える。

「うちのフライパンは小さいから、パスタが少し柔らかくなるまで菜箸で押さえちまおう」

しばらく押さえているとパスタもフライパンに収まった。後は蓋をして中火で八分ほど加熱し、その後は蓋を開けて水分が飛ぶまで煮詰めるだけだ。

その間に空いたツナ缶を片付けながら、俺は柊と知り合った日のことを思い出す。


大学一年の春、柊とは同じ講義で出会い、その後サークルで再会した。

しかし彼女はいつも一人で読書をしていて、季刊誌の制作活動などには参加せず、浮いた女子、という印象が強かった。

そして夏休み。俺が本を借りにサークルへ出向いた日。偶然、柊と二人きりになる。

何となく無言なのも居心地が悪く、俺は柊に尋ねてみた。

『なあ、柊。昼食を食べに行かないのか？　丁度良い時間だけど』

『浅生君、だったかしら？　私、食事が好きじゃないから』

突然声をかけられた彼女は、ほんの少しだけ驚く。

それが会話の終わりであるかのように、柊はそれ以上喋らなかったけど。

授業で見かけた時からずっと、寂しげに一人で本を読む柊が何だか放っておけなくて。

余計なお節介だともう一度突っぱねられたら、それで諦めればいい。

俺は持参していた、コンビニのサンドイッチを差し出していた。

『……【食事】が苦手でも、【栄養補給】はするよな？　コンビニで買いすぎたサンドイッチがあるんだけど、捨てるには勿体《もったい》ないし……良かったら、どうだ？』

本当は嘘だ。けど、こうでもしないと、柊は受け取ってくれなさそうだったから。

柊は警戒していたけれど、少しだけ興味深そうにサンドイッチを見ている。

『……浅生君。これは、その。ツナサンドかしら？』

俺が首肯すると、彼女は安心したように受け取ってくれた。

『いただくわ。私、お魚は結構好きなの』

そう答えた柊の表情は、先ほどまでと変わらないように見えたけど。

その日から俺たちは会えば挨拶をするようになり、本の貸し借りもするようになった。

次第に柊の口数は増え、今では冗談も言えるようになって――。

そんな柊の横顔は、今でもあの頃とそんなに変わっていない気もするけど。

「よし、そろそろ頃合いだな」

水分がすっかり飛んだのを確認して、一口つまんで塩で味を調える。

最後に黒胡椒と粉末パセリを散らせば――。

「〈ツナとトマトのワンポットパスタ〉、完成だ！」

テーブルの前で座る柊に料理を出すと、彼女はじっくりと観察をする。

「綺麗ね。トマトの赤が良いアクセントになっているわ」

「味も気に入ってくれるといいけどな。よし、食べようか」

二人で「いただきます」をして、俺たちはフォークを手に取る。

「複数の具材が混ざって、すごくいい匂いだな！　さて、肝心の味は……？」

俺が咀嚼している間も、柊は興味深そうに感想を待つ。

「うん！　パスタに具材の味が染みてうまい！　それにきのこを咀嚼した時の香りが広がっていく感じ、すごく好きだな。黒胡椒を多めに入れてスパイシーにしても良さそうだ」

「私も、いただくわ」

続いて食べ始めた柊は、ツナを多めに取るようにパスタを巻き取る。そして頬にかかる髪を片手で押さえながら、ゆっくりと口に運んだ。

「……ん、ふふっ。ツナってパスタと合うのね。それにミニトマトを噛《か》むと、口の中で一気に味が変わるのが不思議。化学反応みたい」

「きのことツナだけのシンプルなパスタもいいけど、このトマトがいい味を出しているよな。後で結菜にお礼をしないと」

「ゆい、な？」

うっかり俺がお隣ＪＫの名前を口にした瞬間、少しだけ……柊の声が低くなった、ような。

「え、えっと。隣に住む女子高生だよ。最近知り合って、野菜を貰うようになった」

「女子高生に……？　このパスタ、その子にも振舞ったの？」

「いや、柊だけだが。どうしてだ？」

答えを聞いて柊はそっけなく、「そう」とだけ言ってまたパスタを食べ始める。

密かに顔色を窺うと、笑みが浮かんでいるように見えた。

やはりそれだけおいしいのだろうか……！

穏やかに流れる空気の中で、俺たちはゆっくりとごはんを味わったのだった。


「ごちそうさま、浅生君」

食後。柊は特にくつろぐことなく、部屋を出て行こうと立ち上がるが、玄関で足を止めて向き直る。

「あなたは私が好きだから、こうしてくれるの？」

いつもの無表情と平坦な声。柊の心は読めないが、言葉は返せる。

「もちろん。嫌いなやつとはごはんを食べないし、友達同士なら普通のことだと思うぞ」

柊はまだ、他人との距離感や接し方が分からない。相手の気持ちや、空気を読むことを学んでいる最中だ。そしてそんな彼女だからこそ――。

「私も、あなたが好きよ」

時々、驚くくらい真っすぐな言葉をぶつけてくる。

「え、えっと……ありがとう。そう言ってもらえると、嬉しい」

一瞬、動揺してしまった。俺もまだまだ、女子との交流が下手だな。

「あなたのおかげで少しだけ慣れたけど、やっぱり他人との交流は難しいわね。どんな言葉が適切で、相手に伝わるか……理解が足りない」

「うん、俺だって間違えてばかりだし、勉強中だよ。だから気にせずにまた俺で試して、経験を積めばいい」

「そうね。勉強になったわ。それじゃあ私は……っ！」

後ずさるように一歩、足を下げた柊が目を見開いて短い悲鳴を漏らす。

「あぶないっ！」

部屋と土間の段差を踏み外し、背から倒れそうになる柊を助けようと、その細い腕を引き――、思わず抱き留めていた。

柊の華奢《きゃしゃ》な身体は、今にも折れてしまいそうで、日頃の食生活が窺える。

だけど女性らしい柔らかさと、長い髪から香る匂いに心臓が跳ねた。

ちゃんと女の子、なんだな。密着して今更、強く意識してしまう。

「わ、悪い！　咄嗟《とっさ》のことで、その……！」

「いいの。あなたになら……触られても、別に構わないから」

柊は落ち着いた態度で一瞬だけ俺を見上げ、すぐに離れた。

いつも通りクールな様子だけど、その耳と頬は確かに赤らんでいて。

見たことのない柊の姿に思わず固まってしまっている俺を尻目に、柊は今度こそ靴を履いて部屋を出て行こうとする。

「浅生君。本の続き、また持ってくるわね。それじゃあ」

ずっと友達として接してきて。

ずっと二人で本の感想を語り合って。

ずっと二人で何もかも変わらないままだと、そう思い込んでいたけど。

「反則だろ、その照れ方は……」

初めて見せてくれた彼女の一面はきっと、ずっと忘れられそうにない。

＼作中に登場したお手軽レシピをご紹介！／

ツナとトマトのワンポットパスタ

レシピ制作：ぼく

材料（1人前）

パスタ……80 ～ 100g
ツナ缶……1/2 ～1缶
ミニトマト……～8個
きのこ2種類（舞茸、しめじ等）
……1/2株ずつ
水……250cc
唐辛子……1/2本
にんにく……1片
オリーブオイル……大さじ1
コンソメ……1個
塩……適量

作り方

❶にんにくをみじん切りにする。

❷フライパンに、にんにくとオリーブオイルを入れて弱火で香りを出す。

❸パスタ、水、きのこ、唐辛子、ツナ缶、コンソメ、ミニトマトを入れ、蓋をして中火で８分加熱。

❹蓋を取って、水分が飛ぶまで煮詰めたら、塩で味を調えて完成！

※お好みでパセリや黒胡椒を散らしてもGOOD！

きのことツナのコクあるうま味に
ミニトマトの爽やかさが合う!!

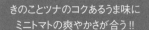

Recipe 03

「あたためますか?」

ある日の夕方。俺は近くのコンビニにお茶を買いに行った。

普段は節約のため、安売りをしているスーパーまで足を運ぶのだが、コンビニで使える無料引換券を持っていたので、それで済ませようという算段だ。

俺のような貧乏学生にとって、タダよりありがたいものは無い。

「いらっしゃいませ」

店内に足を踏み入れると、高校生くらいの男性店員が挨拶の言葉をかけてくる。

他に客もおらず、レジには彼一人だ。

俺は目当ての飲料を見つけ、手に取ろうとした、その瞬間――。

「お客様。そちらの商品と合わせて、私のお持ち帰りはいかがですか？」

「うひゃぁ！」

耳元で誰かに囁《ささや》かれ、俺は首元に鳥肌が立ったのを感じながら慌てて振り返る。

「だ、誰かと思ったら、響香さんですか」

「ふふーん。こんにちは、理人。ウチのセクシーボイスを耳元で聞いて照れちゃうとか、相変わらずキミは可愛いなあ」

俺に悪戯《いたずら》をして無邪気に笑う女性は、唐木田《からきだ》響香《きょうか》さん。

このコンビニで働くフリーターで、同じアパート【生石荘《おいしそう》】の一階に住んでいる。

「ウチに会いに来たの？　そりゃあお姉さんは魅力的だと思うけど、同じ部屋に住んでいるわけだし、わざわざ職場に来なくてもいいのに。あ、我慢出来なかった？」

「……同じ建物の、同じ構造の部屋に住んでいるのは事実ですが、同棲《どうせい》彼女を装わないでください」

「理人はつれないなあ。ここはキミも調子に乗って彼氏ヅラしていいところだぞー?」

そんな心臓に悪い冗談を漏らして、響香さんは楽しそうに笑う。うん、今日も元気だな。

「あ、そうだ。ねえ、理人」

響香さんが何かを言いかけた、その時。

「か、唐木田さん! れ、レジお願いします!」

レジの方向から弱気な叫び声が聞こえてきた。ふとそちらを見ると、先ほどの店員が何やら中年男性のお客さんと揉《も》めている姿が見えた。

「あちゃー……何かやらかしたかな。ちょっと助けてくる」

響香さんは颯爽《さっそう》とレジに向かい、彼と代わって対応を始める。

助けられた店員は涙目になりつつも、響香さんの背後で行く末を見守っていた。

最初こそ声を荒らげていた中年男性だったが、響香さんが接客を続けていくうちに声音が落ち着き、最終的には嬉しそうに「また来るわぁ!」とビニール袋を片手に退店していった。

安堵の表情を浮かべた彼は響香さんにお礼を言い、品出し作業のために事務所へ向かった。響香さんはレジで一息ついてから、俺を手招きする。

「格好いいですね、響香さん」

俺がレジに飲み物を置きながら褒めると、響香さんは少しだけ照れたように笑う。

「慣れっこだよ、あれくらい。でも……理人にそう言って貰えると嬉しいかも。あはは」

「コーヒーでも飲みますか？　響香さんさえ良ければ、一杯奢《おご》りますよ」

「ふぅーん？　あのね、理人。悪い男っていうのは、『一杯奢りますよ』をナンパの常套句《じょうとうく》にするものなの。キミみたいな子が、軽々しく使ったらダメだよ？」

「え？　べ、別にそんなつもりは」

慌てている俺がよっぽど面白かったのか、響香さんは意地の悪い笑顔を浮かべながら、俺の出したお茶の会計を済ませる。

「冗談だって。理人は本当に可愛いなあ。あ、そうだ。さっき言いそびれたけど、この後ウチの部屋に来ない？」

思わぬ誘いを口にした響香さんは、固まっている俺に続けて言う。

「ちなみにこれは冗談じゃなくて、本当だから……ね？」

響香さんのバイトが終わる時刻を待ち、俺は生石荘の一つ下の階へ向かう。

住んでいる建物は同じでも、違う部屋に足を踏み入れるのは緊張する。お隣ＪＫこと、結菜の部屋に入った時は慌ただしかったこともあり、そんなに緊張しなかったけど。

響香さんはバイト中に結んでいた髪を解き、一息つく。その仕草が何だか艶《あで》やかに感じて、俺はつい目を逸らしてしまう。

「今日も散らかっているけど、好きにくつろいでね」

その言葉通り、台所には潰《つぶ》れた空き缶や酒瓶が置かれている。

しかし荒れているのはそこだけで、全体的に片付いている方だ。強いて言えば、ベッドやテーブルに参考書がいくつか積まれている程度か。

「響香さん。またお酒の量、増えていないですか？」

「一人だと飲みすぎちゃうのよね。でも今日は、可愛い男の子が一緒だから大丈夫！」

そう言って響香さんはテーブルの脇に置いた袋から、缶チューハイを取り出す。

「ほらぁ、理人も飲んで？　二人でダメになっちゃえばいいじゃない！　明日はバイトも無いし、疲労はお酒で誤魔化すのだ！」

「誤魔化した結果、以前体調を崩しましたよね？」

「うっ……そ、その通りだけど。でもそのおかげで、キミと仲良くなれたわけだし！」

俺と彼女は同じアパートの住人ではあったが、交流が増えたのはここ最近のことだ。

会えば挨拶する程度の間柄。響香さんの働くコンビニで会っても、雑談や今日のような悪ふざけもしない関係だったのだが――。


昨年の冬、俺がコンビニを利用した時のことだった。

先月の電気代の支払いが遅れてしまったため、大急ぎで払込票を手にレジに向かうと、名札に『店長』と書かれた中年女性から声をかけられた。

店長は、以前店内で挨拶を交わしていた俺のことを響香さんの友達だと思ったらしく、連勤で体調を崩した響香さんの様子を聞かれた。ここ数日、彼女と連絡が取れないのだと。

俺は同じアパートの住人でしかないと告げたが、却《かえ》ってそれが原因で押し切られるような形になってしまい、強引に見舞いの品を持たされてしまった。

「唐木田さん？　二階の浅生ですが、いらっしゃいますか？」

アパートに戻って、響香さんの部屋のインターホンを鳴らしてしばらく待つと、中からジャージ姿の彼女が出てくる。

普段コンビニで会う時の、凛《りん》とした雰囲気は一切無い。おでこに冷却シートを貼って、怠《だる》そうな顔をしていた。

「あ……キミ、か。どうしたの？」

「店長さんから差し入れです。偶然、頼まれてしまって。……唐木田さん？」

俺が言い終えるよりも先に、響香さんは玄関でしゃがみこんでしまう。

「ごめん、ちょっと辛《つら》くて。でも気にしないで。休めば良くなるから。早く体調を戻してバイトに復帰しないと……いけない、のに」

立ち上がろうとする響香さんだが、腕に力が入らないのか、何度試しても身体を起こすことが出来ない。

俺は差し入れの袋を脇に置いて、靴を少しだけ脱ぐ。

「唐木田さん、嫌じゃなければ肩を貸します」

そんな俺の言葉に、響香さんは小さく頷《うなず》く。

「助かる、けど……ごめん。そもそも立てない、かな」

とても弱っている響香さんが、顔を真っ赤にして今にも泣きそうな顔をして、そんなことを言うから——。

「すみません、失礼します」

俺は迷わず、響香さんの背中と両脚の膝裏に手を回し、抱き上げていた。

響香さんは一瞬「ひゃっ！」と声を漏らすが、抵抗はしなかった。

じんわりと伝わる強い熱。荒い呼吸。

響香さんを抱えて、彼女が相当無理をしていたことを理解する。

俺はゆっくりと響香さんをベッドに運び、その身体を下ろす。

「ありがとう、浅生君」

「店長さんに聞きました。唐木田さん、バイトの穴埋めとか、たくさん無理をしていたみたいじゃないですか」

俺の言葉に響香さんは苦笑して、困ったように目を逸らす。

「人のために頑張るのは素敵です。だけど体調を崩したら……」

「元も子もない、よね。年下の子に叱られるなんて、ダメなお姉さんだなぁ」

「あ、いや！　俺は叱ったわけじゃなくて！　ただ、心配で」

「ふふっ。分かっているよ。浅生君は優しいね。一人暮らしを始めて、体調を崩したことがなかったから気付かなかったけど……一人ぼっちは結構、しんどいね」

一人ぼっち。それは一人で暮らしていく以上、当たり前の言葉だけど。

何か良い言葉を返せないだろうかと思考して、結局俺は曖昧に頷くだけだった。

だけど響香さんは小さく笑って目を細め、言葉の続きを口にする。

「だから、困った時はキミに助けてもらおうかな。これからもよろしくね」

ご近所同士の助け合い、と言った響香さんはほどなくして眠ったようだった。


「じゃあ、今日はウチの連勤終了祝いに、かんぱーい！」

俺たちは軽く缶をぶつけ合い、互いにチューハイを口に含む。

「理人ぉー。今日はお姉さんのためにどんなおいしいおつまみを作ってくれるのかなぁ？」

今では名前で呼び合うくらいになり、おつまみを任されるようにもなった。

あれ？　助け合いって何だっけ？

「助け合いという割には、俺が響香さんを助けてばかりでは？」

「うーん？　じゃあウチは料理の代わりに、理人の心を温めてあげよう！」

「はいはい。温めは結構です。箸とビニール袋も要らないです」

「あれぇー？　ここ、部屋じゃなくてコンビニだったっけ？」

「それはさておき、響香さんが持ち帰ってくれた、このコンビニの唐揚げを使って〈レッドチキン〉を作りましょうか」


「作ると言っても、味付けをするようなものなので、フライパンと調味料があれば大丈夫です」

まずはフライパンに調味料を入れる。

ごま油と酢、砂糖に醤油、にんにくチューブをそれぞれ小さじ一杯。酒は大さじ一杯ほど。

「響香さん、どれくらい辛いのがお好みですか？」

「お姉さんはね、恋も料理もホットなのが大好きなの。いつだって男に刺激を求めてしまう、罪な女だから……うふっ」

「はい。適当に辛くしておきます」

「ちょっとぉ！　辛いのは好きだけど辛辣な対応はイヤぁー！」

響香さんを放置して、俺は豆板醤《とうばんじゃん》を大さじ二杯ほど加える。通常量より多めだが、響香さんには丁度いいくらいだろう。

「あとは沸騰するまで弱火で加熱して、と……」

フライパンからほんのり鼻を突くような、辛みのある匂いがしてきた。

そこにレンジで温めたコンビニの唐揚げを加え、タレを絡める。

「皿に盛り付けて青ねぎとチーズを散らして――、〈レッドチキン〉完成です！」

「わー……！　なにこれぇ。人の欲望を詰め込んだような、罪作りな料理！　理人、早速お酒と一緒に食べよう！」

俺たちは食卓に戻り、新しくビールの缶を開けてから箸を手にする。

先ほど散らしたチーズが溶け始め、食欲を加速させる見た目に変わっていく。

目の前の響香さんは大きく喉を鳴らし、俺に目配せをする。

俺たちは「いただきます」をして、それぞれが好きなように料理を味わう。

響香さんは先にビールで口を潤してからレッドチキンを一気に頬張る！

「っ、うぁー……！　やばい、これ。冷えた口の中と喉に、熱々の唐揚げが『こんにちは！』みたいにくる感じに涙が出そう！　最高のコンビね！」

「じゃあ俺はチキンから」

持ち上げた唐揚げからチーズが伸び、眩《まぶ》しいほどの赤と黄色が空腹の俺を誘う。

ゆっくりと口に入れて咀嚼すると、程よい辛みと熱さが口いっぱいに広がっていく。

響香さんはまだビールを飲んでいる最中の俺に、新しく開けたレモンチューハイを差し出す。

唐揚げにレモン。多分これも、絶対にうまいやつだ……！

「ごめん、理人。今日はダメになっちゃうかもしれない！　ほらほら、キミも飲んで！　二人でこの酒池肉林に溺れよう！」

「その言葉の使い方は間違っていますけど……いただきます！」

酒が先か、つまみが先か。人それぞれ、自由な飲み方がある。

正解はない。うまいと思えるその食べ方こそが、その人にとっての正義だ。

欲望に溺れた俺たちはレッドチキンを様々なお酒と一緒に味わい、楽しい飲み会を続けた。


「あー、もうお腹いっぱい！　そして酔ったぁ！」

響香さんは空き缶を置いて、ベッドに倒れ込む。放っておくとそのまま寝てしまいそうだな。

というか、何度か俺を無視して寝たことあるし。

「そろそろお開きにしますか。片付け、やりますよ」

「んー、それは大丈夫。それより理人、ちょっと水取ってぇー」

「ベッドから降りれば自分で取れるでしょう？　仕方ないですね、どうぞ……わっ！」

ペットボトルの水を片手に、響香さんのベッドに近付いた瞬間。

彼女は差し出された水ではなく、俺の手首を握って強い力で引っ張った。

「きょ、響香さん、一体何を……！」

ベッドに倒れ込んだ先には、響香さんの綺麗な顔が間近にあった。

あとほんの少しでも近づけば、互いの鼻先がくっつきそうになるほどに。

「帰らないでよ、理人」

酒で酔ったその顔は、いつもより魅力的で、とても妖艶で。

「言ったよね。ウチ、明日は何も無いって。理人も大学休みだよね。成人した『一人ぼっち』同士の男女が、日付も変わっていないうちに帰るのは、健全すぎるよ？」

言葉の一つ一つが耳に響き、ベッドから良い匂いが香る。

不思議とアルコールの匂いは、何故だか感じなくて。

響香さんのことだけで、頭がいっぱいになっていく。

「だから今日は朝まで私と付き合って……くれる？」

私に。ではなくて、私と。

息を飲む。俺はその言葉の真意を、彼女に問いただしていいのだろうか――？

「いぎゃー！　れ、レンジがぁ！　ば、爆発したぁ!?」

何かの破裂音と共に、甲高い悲鳴が上の部屋から響く。

そのままドアが開く音が続き、廊下に大袈裟《おおげさ》な足音を感じた。

「りーくん！　助けてぇ！　卵を温めただけなのに何故か爆発したよぉ！　卵に何か悪い成分が含まれていたのかもしれない！　鉄とか！」

俺と響香さんは見つめ合って、どちらともなく噴き出した。

そういえば響香さんの部屋の上は、結菜の部屋だったたな。

「助けてあげなよ、りーくん」

響香さんはわざとらしく俺をその名で呼んで、二人でベッドから起き上がる。

結菜の悲鳴のおかげで冷静になれたが、もう少しで何かをやらかすところだった。

「すみません。えっと……い、行ってきますね？」

「うん！　また一緒に飲もうね。今度は理人の部屋に、そろそろウチを招待してほしいかな？」

「あはは、いつも響香さんの部屋ですからね。分かりました、今度はお詫びに俺が招待しますから。お水、ちゃんと飲んでくださいね。では」

そう言って俺は足早に部屋を出て、ドアを閉めてから深呼吸をする。

「……相変わらず、響香さんと飲むのは心臓に悪いな」

いつも薄着で、無防備で、誤解させるようなことばかり言って。

あんなに密着しても、照れた顔一つ見せない。そんな年上の女性《ひと》。

「いや……流石に考えすぎだ。俺も結構、酔っているな」

俺は色々なことをお酒のせいにして、小さく息を吐く。

そして外階段を上がり、俺の部屋の前で延々と悲鳴を上げ続けるお隣ＪＫに声をかけるのだった。

＼作中に登場したお手軽レシピをご紹介！／

唐揚げを使ってお手軽！レッドチキン

レシピ制作：ぼく

材料（1人前）

唐揚げ……5～6個
チーズ……適量
ごま油……小さじ1
酢……小さじ1
酒……大さじ1
砂糖……小さじ2
豆板醤……大さじ1と1/2
醤油……小さじ1
にんにくチューブ……小さじ1
青ねぎ……適量

作り方

❶ごま油、酢、酒、砂糖、豆板醤、醤油、にんにくチューブをフライパンに入れる。

❷沸騰するまで弱火で加熱。

❸冷凍やコンビニ等の唐揚げをレンジであたため、フライパンに投入し素早くタレを絡める。

❹お皿に盛り付け、チーズと刻んだ青ねぎを散らして完成！

※ごはんに乗せて温泉卵を添えてもGOOD！

冷凍やコンビニの唐揚げが
一段上のレッドチキンに♥

Recipe 04
「私たちの協力プレイ！」

ある日の夕方前。大学での講義を終え、アパートに戻って部屋の鍵を開けようとすると、隣の部屋から女子高生、桜木結菜が飛び出してきた。

「おかえり、りーくん！　今日暇だよねぇ？　一緒にゲームしようよ！」

突然の出来事に俺は驚きつつも、満面の笑みを浮かべるお隣ＪＫに訝《いぶか》しげな目を向ける。

「いや、やらないよ？」

俺は部屋の鍵を開けて、結菜のお誘いを一蹴する。暇だけど。暇と決めつけられてちょっと見栄を張ってみたとか、決してそういうことではない。

「そっか、残念！　じゃあ私、部屋に戻って買ってきたゲームソフトを封印して、枕に顔を突っ伏して隣の部屋にも聞こえるように朝まで泣くことにしようかな！　またね！」

「明るい口調と笑顔で、良心を抉《えぐ》るようなことを言うな！　それに一緒にゲームしたら、俺の中にある艶姫さんのイメージが変わるかもしれないし」

「大丈夫！　今日は超人気カリスマ美人女性実況者・艶姫じゃなくて、お隣の桜木結菜として、りーくんをゲームにお誘いするのです！」

結菜はゲームソフトを両手で顔の前に掲げ、こちらの様子を窺ってくる。

『サイレント・ヨル』という話題のホラーゲームで、先日艶姫さんが配信で言っていたことを思い出す。

「少し前に実況でやりたいって宣言したゲームか、それ」

「そう！　この前、都内まで買いに行ったのがこれ！　でも……、一人じゃ怖すぎて封印していたの。協力プレイも出来るし、二人一緒なら怖くないから……ね？」

上目遣いでねだる結菜。仕方ない。

暇だし、付き合うか。

「分かったよ、一緒にやろう。言っておくけど、ホラーは俺もマジで苦手だからな？」

俺の言葉に、結菜はとても嬉しそうに何度も首肯する。

「えへへー！　何だかんだで付き合ってくれるりーくん、とっても好き！」

こうして俺は、結菜と一緒にゲームをやることになったのだが――。

「り、りーくん！　早く逃げて！　このままだと私たち殺されちゃうよぉ！　ひぃん！」

「でも逃げたらあの殺人ナースが……うわぁ！　出たぁ！」

俺と結菜は何度も敵に捕まり、蹂躙《じゅうりん》され、試行錯誤を繰り返し……疲弊していた。

何よりこのゲーム、正直言ってめちゃくちゃ怖いのだ。

「もういやぁー！　このゲームきらい！」

結菜は半泣きでコントローラーを手放し、小さい子供のように叫ぶ。

「りーくんは下手だし！　怖がりだし！　これじゃあクリアする頃には二人揃って老夫婦になっちゃう！」

「俺たちはあと何十年このゲームをやるんだ？　そして夫婦になっているのか？」

ムキになっている結菜はツッコミを無視して、代わりに再びコントローラーを握る。

「ぐぬぬ……ゲーマーとして、ここで逃げたら恥だから頑張るよ！　ここからは私の華麗なプレイで敵を――」

必死に恐怖心を抑え、虚勢を張ろうとする結菜だったが。

「ひ、ぃ……い、いやぁぁあん！」

ゲームの中でグロテスクなゾンビに不意打ちで襲われ、絶叫を上げて、俺の鳩尾《みぞおち》辺りに頭を突っ込みながら抱き付いてきた。

俺は突然の事に小さな呻《うめ》き声を出すのが精いっぱいで、結菜と二人で部屋の床に倒れ込む。

その直後だった。

部屋のチャイムが鳴ったのと同時に、ドアが開かれて――。

「浅生君!?　すごい声と音がしたけど、どうした……の？」

本を貸しに来てくれた柊水咲が、半泣きで俺に抱き付く結菜と、俺の姿を見てしまった。

そういえば、結菜と一緒に部屋に入った時に施錠を忘れていたかもしれない。

「……ひ、柊。これはそういうのではなくて」

「じゃあ、どういうの？　私とは事故で抱き合っただけであんなに狼狽《うろた》えていたのに、その子とはそんなに密着して……あなたまさかその子を……」

「いや、違、この子は、ええっと……」

半泣きの制服姿の女子高生と抱き合っているこの状況。否定すればするほど犯罪的だ。一体どうすれば――？

「はじめまして！　お姉さん、りーくんの友達ですか⁉」

するると、すっかりテンションを切り替えた結菜が尋ねる。

「ええ、福卓《ふくたく》大学の同級生だけど、あなたは……」

「ゲーム得意⁉　ホラーはお好き⁉　よく見たらすごく肌綺麗で美人さん！　よかったら一緒にゲームしませんか！」

説明をしようとしたところに、興奮した様子の結菜が割って入り、更に話がややこしくなっていく。

「私はあなたのお姉さんじゃないから。柊水咲よ」

「じゃあミーちゃんって呼ぶね！　あ、それともラッキーの方がいい？」

人懐っこい結菜に対し柊は混乱した様子で、目線で俺に助けを求めてくる。

他人との距離感が分からない柊。他人には距離を置かない結菜。

食べ合わせの悪い食材同士みたいな組み合わせだ。

「柊。この子は少し強引だけど悪い子じゃないし、一緒に遊んでやってくれないか」

その言葉に少しだけ警戒心を緩めたのか、柊は諦めたように溜息を吐く。

「私、ゲームの経験はないの。このゲームは原作の小説を読んだことがあるから、知ってはいるけど」

「え？　もしかしてミーちゃん、怖いやつ大丈夫な人？」

「ええ。怖いのとか、痛いのとか、暗いのとかは好きよ。幸せな日常をじんわりと蝕《むしば》むような、そんな作品が好き」

小さく笑う柊を見て、結菜は俺に何か言いたげな顔を向けてくる。そうだよ。その子は割と変わっている子だぞ。

「じゃあミーちゃんと二人でプレイすれば、怯《おび》えずに済むね！　私が教えるから、一緒にやってみようよ！」

「だから私は未経験だって……」

結菜は戸惑う柊に無理やりコントローラーを握らせ、ゲームを再開した。


「違う。そこはそうじゃなくて、的確に頭を狙わないと」

「後方から二体迫っているから、前の敵を倒してターンして反撃」

「その先にゾンビが三体潜んでいるから気を付けて」


次から次へと飛ぶ冷静な指示。それを言われた彼女は、「ええっと、ええっと……」と、戸惑いながらも何とかこなしていく。

プレイを始める前は、まさかこんなことになるとは思わなかった。

「ミーちゃん！　ほ、本当に初めてなの？　私より冷静だし、ゲームの操作もめちゃくちゃ上手いのはなんでぇ!?」

怒涛《どとう》の指示を受けて慌てているのは結菜の方で、柊は極めて冷静なプレイで結菜のフォローすら務めている。

「操作説明を見て、後はどの場面でも状況に合わせて対応しているだけよ？」

「それが上手いってことなの！　うぅ……さっきまで、りーくんと一緒に何度も失敗していたのにぃ！」

ゲーム実況者と初心者のコンビはそれから詰まることも殆ど無く、あっという間に中盤ステージまでクリアしてしまった。

「マジか……二人でやった時は、クリアどころか半分も進めなかったのに」

思わず感嘆の声を漏らすと、柊が何か言いたげな顔で俺を見つめてくる。

何故だろう。無表情なのに、「私、すごい？」と顔に書いてある気がするのは……？

「これで終わり？　あら……どうしたの？」

気付けば結菜は、コントローラーを強く握りしめて俯《うつむ》いてしまっていた。

まさかゲーム実況者としてのプライドがへし折られて、泣いている……とか？

「……夢、みたい」

辛うじて聞き取れた呟きに、俺と柊は顔を見合わせて首を傾げる。

「こんなの、夢みたい！　どんなゲームでもクリア出来て、ネットでプレイを褒められていた私よりもずっと、ずーっと上手い人がいるなんて！」

結菜は柊に抱き付き、胸元に顔を埋めて頬ずりする。怖くなくても結局抱き付くのか。

「ミーちゃん！　二人でトップを目指そうよ！　私、ゲーム上手い人大好き！」

距離感がバグっているＪＫに懐かれて、柊はどうすべきか非常に困っていた。

「ええと……私はゲームが上手い子は別に好きじゃないから。は、離れてくれる？」

「イヤ！　離さない！　私はミーちゃんと明日からコンビで実況するの！」

「じ、実況って何⁉」

困惑しながらも引きはがそうとする柊と、諦めない結菜。その様子が姉妹みたいで、何だか笑ってしまう。

俺はゆっくりと立ち上がって、二人に尋ねる。

「夢中になっていたら腹が減ってきたな。夕食には少し早いけど、何か食うか。大したものはないけど……お？」

そう言いかけた俺に対して、結菜はビニール袋から、柊はトートバッグから各々《おのおの》何かを取り出し、差し出してくれた。

「はい、これ！　山形の貴重な春採れ玉ねぎ！　おばあちゃんが大切に育ててくれたから、おいしく召し上がってね！」

「浅生君。忘れていたけどこれ、お土産よ。この瓶詰の鮭フレーク、あなたの好きに使って」

同時に食材を出した二人は、期待に満ちた笑顔を浮かべる。

二人が何か不用意なことを言い出したりする前に、俺はその食材を受け取って宣言した。

「よ、よし！　今日はこの二つを使って、〈新玉と鮭フレークのぱらぱら炒飯《チャーハン》〉を作ろう！」

「炒飯というと人によってぱらぱらにする方法は異なるが、大事なのは下準備だと俺は思っている。卵を先に混ぜる派閥や超火力で炒める派閥もいるが俺は――」

「浅生君。急に何でそんなにはりきっているの？」

「ミーちゃん。炒飯は男の人にとって魂の料理らしいよ？　独身男性が気軽に作れて色んなアレンジが出来るから、ネット上ではよく議論の対象になるの……」

柊と結菜が冷めた目で、俺の講釈を聞き流す。

まあ、分かる人だけ分かればいいし？　別に悲しくないよ？　炒飯は貧乏学生にとって、心強い味方であり、長い付き合いのある友達のようなものなのだ。

「よし、玉ねぎのみじん切り完了！」

下準備云々《うんぬん》と言ったが、ぱらぱら炒飯を作るには、温かいご飯に油を少し混ぜ込んでおく。

「あとは基本通りだな。溶いた卵にマヨネーズを少量加えて、フライパンで弱火で炒め……」

半熟になったらご飯を投入し、木製しゃもじで切るようにして三分ほど炒める。

「次に塩、鮭フレークに玉ねぎ。玉ねぎに火が通ったら最後にごま油を回しかけて強火で一分ほど炒めて、白ごまとねぎを盛り付けたら――、完成だ！」

俺は我が家で滅多に出番のない、大皿を取り出す。

中華料理店で見るような半円形に盛り付け、俺たち三人はテーブルへと移動した。

「「「いただきます」」」

三人揃って挨拶をして各々、好きな量の炒飯を取る。

まずは目を輝かせた結菜が勢いよく、鮭フレークを多めに掬《すく》って口に運んだ。

「んっ……！　おいしいー！　鮭フレークって普段食べないけど、こんなにうま味たっぷりな味わいだったっけ？　鮭の塩気と香りが、玉ねぎの甘さを引き立たせて……好き！」

大喜びする結菜の隣で、柊もゆっくりと咀嚼をしてから飲み込み、そして。

「私、野菜ってあまり好みじゃないの」

その言葉に、俺と結菜は思わず顔を強張《こわば》らせるが――。

「でも、爽やかな食感がしてとてもおいしい。鮭の邪魔にならない……ううん、一緒に食べた方がおいしくなって、不思議な感じ」

そう言われて、結菜は顔を綻《ほころ》ばせる。

張りつめていた空気が弛緩《しかん》し、いつも通りの……いや、いつも以上に明るい食卓へと彩られていく。

「これは無限に食べられちゃうね！　スプーンが止まらないよー！」

「そうね。優しい味と温かいごはん……すごく食べやすいわ」

結菜は大きい一口を何度も繰り返し、空いた小皿にまた山を作っていく。

柊も結菜に触発されたのか、少しだけ気恥ずかしそうにしつつ、大皿から控えめにおかわりをする。

「ミーちゃん、もっと食べなきゃ！　私がよそってあげるね！　えへへ」

「あ、もうっ。私一人でそんなに食べられないわよ」

微笑《ほほえ》ましいやりとりと、縮んだ距離に俺は密かに安堵の息を漏らす。

この二人は、思ったより相性がいいのかもな。

食事を終えた二人に、俺はコーヒーを淹《い》れて差し出す。柊は素直に「ありがとう」と言って受け取ったが、結菜は微妙な表情だ。

「あ、悪い。結菜は砂糖とミルクが必要だったな」

俺の言葉に結菜が口を開きかけたが、先に反応したのは柊だった。

「あなたが……『結菜』だったのね」

そういえば、柊に結菜の紹介をちゃんと出来ていなかったな。以前彼女に結菜の話をしたことはあるが。

柊が本を貸しに来てくれて、パスタを一緒に食べた時……あまり深い話はしなかったのに、よく覚えていたな。

「紹介が遅れたな。柊の言う通り、この子が前に話したお隣の女子高生、桜木結菜だ」

「りーくんには時々ごはんを作ってもらっていたり、遊んであげたりしています！　世界一可愛い女子高生の桜木結菜でーす！　改めてよろしくね、ミーちゃん！」

「ねえ、浅生君。あなたはこの子と暗い部屋で抱き合ったり、食事を与えたりする関係なのね」

「誤解だって！　俺と結菜はごはんで繋がった健全な関係だ！」

「それ、逆に怪しい関係に聞こえない？　でも、結菜ちゃんと一緒にゲームをして、浅生君の手料理を一緒に食べて……理解したわ」

「理解って？」

首を傾げる俺たちに、柊はほんの少しだけ笑みを浮かべる。

「あなたたちが決して、法に触れるような妙な関係ではないことを。浅生君のお節介に、甘えただけでしょう？　結菜ちゃんがいい子だってことは、よく分かったわ」

柊に優しい言葉をかけられて、結菜はとても嬉しそうに笑顔を浮かべる。

「まあ……だからこそ、心配でもあるけれど」

「うーん？　これはライバル出現……かな!?」


「そろそろ私は帰るわ。結菜ちゃん、また今度ね」

「うん！　またねー！　私もゲームを片付けて帰ります！」

「それじゃあ浅生君も。ごはん、ごちそうさま」

柊を見送ってから、結菜は片付けを始めた。

「今日は本当に楽しかったなあ」

いつも以上に嬉しそうな結菜は、何かを思い出すように語り出す。

「私ね、地元ではゲームを一緒にやる友達がほとんど居なくて。中学生になる頃には、友達もお姉ちゃんもゲームに飽きちゃって……ずっと一人で遊んでいたの」

それは『艶姫』さんが決して語らない、『桜木結菜』としての過去だ。

「ゲーム実況者についても理解されなくて。ゲームをして遠くの人と楽しさと喜びを共有出来るんだよ！　って言っても、全然分かって貰えないの」

結菜は先ほどまで遊んでいたゲームのディスクを見つめ、そこに反射する自分の目を見つめながら続ける。

「ずっと窮屈で、退屈な毎日だった。だけど……今は違うよ！」

俺の方に向き直った結菜の目は、爛々《らんらん》と輝く。

「二人のおかげで、すごく、すっごく楽しかった！　一緒にゲームを本気で遊んでくれる人が居るって、幸せなことだなって！」

遠い町から、たった一人でやってきて。

自分がしたいことのために、今までの生活を変える。

それはきっと、途方もない勇気と覚悟が必要なことだろう。だから、俺は――。

「これからも俺で良ければ、ゲームに付き合うから。また誘ってくれ」

友達のような気軽さで結菜に言うと、彼女は年相応の無邪気な笑顔を返す。

「えへへー！　ありがとう！　じゃあ明日も一緒にゲームしようね！　このホラゲーをクリアしなきゃいけないし！」

早速、無茶な要求をしてくる結菜だけど。

その可愛い笑顔に釣られて、俺も笑ってしまうのだった。

＼作中に登場したお手軽レシピをご紹介！／

新玉と鮭フレークのぱらぱら炒飯

レシピ制作：ぼく

材料（1人前）

ごはん……1膳分（160g）
新玉ねぎ……50g
鮭フレーク……20g
卵……1個
油……小さじ1
　　　大さじ1
マヨネーズ……大さじ1/2
塩……ひとつまみ
ごま油……適量

作り方

❶温かいごはんに小さじ１の油をまぶす。

❷フライパンに大さじ１の油を敷き、卵とマヨネーズを混ぜたものを投入し、弱火で半熟になるまで炒める。

❸フライパンに❶のごはんを投入し、切るように混ぜながら３分ほど炒める。

❹みじん切りにした新玉ねぎ、鮭フレーク、塩ひとつまみを加え、玉ねぎが若干透き通ったら、ごま油を回しかけ強火で１分炒めて完成！

※お好みでねぎや白ごまをかけてもGOOD！

鮭フレークと新玉の意外な相性の良さに驚くはず!!

Recipe 05

「二人の味わい」

「ウチとは所詮遊びだったっていうのね！　理人はどうしてウチを大切にしてくれないの⁉　こんなにセクシーで魅力的なお姉さんなのにぃいい！」

大学から帰って来て、アパート・生石荘の外階段を上ろうとした瞬間だった。

部屋から飛び出してきた響香さんに背後から腰に抱き付かれ、身動きが出来なくなってしまった俺は、目が据わっている彼女を引きはがそうとするが……。

「響香さん、誤解を招く発言はやめてください。講義を終えて帰ってきて、トイレに行くところなんですよ、俺」

「えぇ？　ウチとトイレ、どっちが大事なの⁉」

「響香さんのことは大切に思っていますが、同じくらい人としての尊厳は大切です！」

流石に今日の酔い方はちょっと……いや、かなりタチが悪い。

響香さんは赤く染まった顔をこちらに向ける。

「だって理人、最近誘ってくれないんだもん！」

「それはそう、ですけど……」

無理もない。前回、響香さんと二人で飲んだ時に少し気まずい雰囲気になってしまった。

あれ以来、飲みに誘われてもやんわり断って、何度も響香さんから逃げていたのだが。

「だから今日は朝まで付き合ってもらうから！　というか、次は理人の部屋で飲むって約束だったし、このままお部屋まで付いていくよ！」

これは逃げられそうにないな……とはいえ、二人きりになるのはやはり避けたい。

響香さんのことは嫌いじゃない。寧《むし》ろ大切にしたい隣人だ。

だからその場の雰囲気とかノリで、後々の関係を壊したくないのだが――。

「俺を助けてくれるヒーローも、今日は不在だしな……」

そう呟いて、階段の先にある部屋の扉を眺める。

お隣ＪＫこと桜木結菜は当然、不在だ。

普通の高校生は平日の昼は学校に居るからな。

待てよ……？　高校生じゃない、『あの子』なら助けてくれるかもしれない。

「分かりました、響香さん。膀胱《ぼうこう》が破裂する前に観念します。今日は俺の部屋で飲みましょう」

俺の言葉に響香さんは嬉しそうに目を細め、腰に顔を擦《こす》りつける。破裂するからやめて。

「やったー！　理人のために色んなお酒をストックしてあるから、二人で飲み比べをして今日はダメになっちゃおう！　それから――」

「ただし、条件があります」

話を遮られた響香さんは不満げに頬を膨らませ、何か言いたげな目で俺を見つめる。年上のお姉さんの拗《す》ねた顔、いいよね。

「一人だけ、友達を呼ばせてください」

「来たわよ、浅生君」

部屋の扉を無表情で、豪快に開け放ったのは柊水咲だった。

あの後、柊に助けを求めた俺は、響香さんの酌を任せられながら、ただ無心で柊がやってくるのを待っていた。

酔っている響香さんは本当に目の毒だからな……普段とは比較にならないくらい妖艶な空気を纏《まと》うから、調子が乱れる。

「来てくれてありがとう、柊」

「……スマホに『助けて』ってメッセージだけが送られてきたから、何が起きたかと思って慌てて来てみれば、またなの？」

小さく溜息を吐く柊に、俺は何も反論できない。ついこの間も、事故とはいえ結菜に抱き付かれている場面を目撃されているからな。

「理人ぉ。その子だれー？」

酔った響香さんは柊を見つめながら、俺に尋ねる。

「柊水咲。福卓大学の同級生です」

「へぇー、理人の友達とかレアだね！　今日は三人で飲む感じ？」

「飲まないわよ。私、酒癖が悪い人は嫌いなの。それじゃあ」

「待て待て待ってください。お願いします、柊」

「急いでいるのよ、私。家で本棚の小説を並べ替えて背表紙を眺めたりしたいの」

「それ急ぎの用事じゃなくない⁉」

「あれぇ〜？　理人、ふられちゃったねぇ？　可哀《かわい》そうに……今日はウチが二人きりで癒してあ・げ・る♥」

「やっぱりお邪魔するわ、浅生君」

俺が頭を抱えていると、柊は戻って来て靴を脱いで部屋に上がり込む。

そんな柊を見て、響香さんは笑うけど……何だろう。さっきまでの笑顔とは少し違う、ような？

「水咲ちゃんだっけ？　あなたはお酒強いの？　ウチと理人は結構イケる口だけど、無理は厳禁だよー？　二日酔いは結構辛いからさ」

「甘く見られたものね」

柊はそう返して、俺の飲みかけの缶チューハイを手に取り、一気に飲み干した。

「私は溺れたことないの。海と、お酒ではね」

「あはは！　水咲ちゃん、無表情だけど実は面白い子だ？　あ、自己紹介が遅れたね。ウチは唐木田響香。君たちよりちょっとだけお姉さんだから、気軽に響香先輩って呼んでいいよ」

「そう。それじゃあ気軽に、響香って呼ばせてもらうわ」

柊はいつもより語気を強めて響香さんと言葉を交わす。

そんな喧嘩《けんか》腰にならなくても……と思ったが、響香さんが楽しそうだからいいか。

「そ、それじゃあ三人で飲もうぜ！　お酒は楽しく、ほどほどに、で！」

俺の言葉に、二人は各々新しい缶を開けて応えてくれた。

　しかし意外だったな。柊がお酒を飲んでいるところは見たこと無かったけど、意外と飲めるタイプなのか？


「そもそも浅生君、どうしてあなたは私の知らぬところで女の子を連れ込むのかしら？　前回の結菜ちゃんといい、今回だって年上の女性を連れ込んで……不健全だわ。ダメよ、そういうの」

「はい……返す言葉もございません」

「お酒まで飲ませて、何をするつもりだったの？　人は酔うと普段より知能が低下してしまうのよ？　危険だわ。実に危険。お酒は危険だし、危険ね……」

　語彙《ごい》力が消えた柊は手元の缶チューハイを飲み干して、更に新しい缶を開ける。

　どうやら、柊はあきらかに飲めるタイプじゃない。ちょっと飲んだら悪酔いして、相手に説教をかますタイプの人間らしい。

　無表情の赤ら顔で饒舌《じょうぜつ》なのは面白いが、説教の対象にされてしまうと笑う余裕などない。

「あっはっは！　水咲ちゃん、ウチや理人とはまた違った感じで面白いね？」

　高笑いする響香さんに対して、柊はというと。

「あなたもあなたよ、響香。そんな薄着で浅生君の前に座って……胸元を強調した服で、実に不健全だわ。大体何よこれ、重くないの？」

柊は響香さんの胸を下から軽く持ち上げ、まるで実験動物を観察するかのように凝視する。

柊の細い指に沿って、豊満な胸が柔らかく上下する。

「んっ、ああん……！　そ、そんな風に触っちゃ女子相手でも恥ずかしいってば！　そういう水咲ちゃんだって、すらっとしたキレイな脚だよねぇ？　ほらほら、理人も見てみ？」

響香さんは柊のスカートをたくしあげ、意地悪な声で俺を唆す。

「あ、ちょっ……さ、触っちゃだめぇ」

柊は抵抗をするも力が入らないのか、されるがままだ。普段なら響香さんの腕に噛み付かんばかりの勢いで拒絶するだろうに。

いつもと違う、柊の煽情《せんじょう》的な顔つき。

やや暑い日でもあるからか、綺麗な鎖骨には汗が滲む。そしてその隣には、蠱惑《こわく》的な笑みを浮かべて俺を見つめる響香さん。

「ねぇー、理人。無言で私たちを見つめていると、マジっぽくて怖いってば」

「浅生君……あ、あんまりこっち見ないで……？」

女子二人の言葉に、俺は自分の太ももを千切れんばかりの力でつねって、この空気と酔いに負けないように必死に抵抗し、逃げるように台所に立った。

「そ、そろそろおつまみが欲しいな!?　二人は好きに飲んでいていいぞ！」

背後では酔っ払い二人が相変わらず騒ぎ続けているが、料理に没頭しよう。

「理人はヘタレだなあ。ウチらみたいな綺麗な女子二人を放置するとか。水咲ちゃんも何かこう、理人にされたこととかないの?」

「私? そうね……私は、浅生君に抱かれたわ」

「だだだ、抱かれた!? え、それは、その。あれ? だ、男女の?」

「ええ。男女で抱きしめ合ったわ。事故みたいなものだったけど、そこの玄関で」

「玄関で!? 嘘でしょ、理人……いくら部屋の中とはいえ、それは流石に」

完全無視を決め込もうとしたが、流石に放っておいたら誤解を招きそうな会話だ。

俺は溜息を吐きながら振り返り、強い軽蔑と僅かな好奇心の入り混じった目を向けてくる響香さんに言い返す。

「転びそうになった柊を助けようとして、抱き留めただけですよ」

「え? そ、そうなの? でも……そっか。ハグはしたのか……ふぅん」

何か言いたげな響香さんだったが、何故だかそれ以上は続かずに黙り込んでしまった。

「ところで、おつまみのリクエストがある人?」

「私はさっぱりとした物がいいわ」

「もちろん、セクシーな女にはホットな物よね!」

柊と響香さんは、それぞれ相反する答えを俺に返してくる。俺は思案しながら台所を見回し、そこに置いてある食材に目をつけた。

「……まぁ、これなら両方作れそう、かな?」

手に取ったのは、何の変哲もない食パンだ。俺が毎朝、シンプルなトーストを食べる時に使うもの。

それを一枚四つ切りにし、そのうち二つにソーセージを乗せる。

「その上にケチャップソースと、ピザチーズを乗せて、と」

これでまず一種類がほぼ完成。残り半分は何も乗せずに、そのままで。二人のかしましい声を背に、四つを並べてトースターへセット。

パンの焼ける香ばしい幸せな匂いが隣の部屋にも届いたのか、心なしか二人の騒ぎ声が少しトーンダウンしている。

「待っている間にカニカマに味付けをして……焼きあがった食パンの、何も乗っけていない方に乗せれば――、完成だ！」

俺は〈二種のブルスケッタ風〉を酔っ払い二人の前に並べる。おつまみが尽きていた状態だったからか、柊も響香さんも食い入るようにブルスケッタを見つめ、それぞれ好きな味を手に取って口に運んだ。

「これは……うん、とってもおいしいわ。マヨネーズの絡んだカニカマが、口の中のアルコールをリセットしてくれるみたい」

柊はそういうとサクッと音を立ててブルスケッタをかじり、レモンサワーを一口、を繰り返す。

「さっぱりしてて、すごく食べやすい」

「くぁ……っ！　これ、最高っ！　まるでピザじゃん！　サイズが小さいのもあるけど、一口で食べられるからお酒が進むぅ！　理人ぉー、ビールおかわり！」

どうやら二人ともお気に召してくれたようだ。新しく缶を開けた響香さんは、そのまま二つ目を口にしようとしたけど。

「ねえ、水咲ちゃん。こっちも食べてみる？」

「え？　私、辛い物は」

「大丈夫。ちょっとタバスコ入っているだけで、そんなに辛くないから。ほら、あーん」

柊は響香さんの行為に少し戸惑っていたが、酔いもあるからだろう。普段なら絶対にしないであろう、「あーん」をして、響香さんにブルスケッタを食べさせてもらう。

「どう？　水咲ちゃん、おいしい？」

「……辛い物ってただ刺激が強いだけのイメージで、味に深みが無いと思っていたけど。思っていたより食べやすいし、この辛みこそがソーセージやチーズのうまみを引き立ててくれるのね」

「ふふふ。気に入ってくれたかな？」

「嫌いじゃないわ。寧ろ一種類だけだと飽きちゃうから、二種類あると丁度いいかも。ほら、あなたも食べて」

柊も同じように、自分が食べていた方のブルスケッタを手に取り、響香さんに食べさせようとする。だけど響香さんは……。

「え、えー？　ウチがするのはいいけど、誰かに『あーん』してもらうのは恥ずかしいっていうか？　り、理人も見ているしさ！」

「意味が分からないわ。その大きな胸は見せびらかすのに、胸の谷間は良くて、口の中は見せられないの？」

「そ、それはそのぅ……わ、分かったってば」

響香さんはまるでパン食い競争かのように、素早く柊のブルスケッタにかぶり付く。

見ちゃダメって言われると、何だか見たくなるよな……。

「もぐもぐ……おっ！　こっちのあっさり味もいいね！　マヨやレモンのさっぱり感が先行するけど、噛めば噛むほど、カニカマの風味が混ざってきてお口の中が楽しい感じ！　ハイボールとかチューハイに合いそうな味！」

「ふふっ。結局お酒が進むのは同じなのね。浅生君、私もお酒おかわりしていい？」

「あ、あんまり飲みすぎるなよ？」

最初はちょっと険悪にも見えた二人だったけど、お酒のおかげで随分と打ち解けたようだ。俺は安心しつつ、二枚目のブルスケッタを焼いて戻ってくると——。

「ねえ、理人はどっちが好き？」

響香さんにそんな言葉を投げられ、意味が分からず静止してしまう。

「え？　ど、どっちって……俺は食べていないので、分からないですけど」

「浅生君。酔っ払いの戯言《ざれごと》に付き合う必要はないわ。だけど……あなたの答えは気になるわね。あなたの『好き』を、私も知りたい。あなたにとって、どっちが魅力的なの？」

「あなたも酔っ払いですけどね？　そ、それにこれはブルスケッタの話だよな？」

だけど二人はその問いかけには答えない。代わりに俺の皿からブルスケッタをそれぞれ一つ手に取って、差し出してくる。

「「好きな方を、食べて？」」

二人が口にしたその言葉に、思わず俺は顔が熱くなるのを感じて。

「ごめん！　ちょっと俺、大学に忘れ物したから取りに行ってくる！」

そう言い残して、慌てて部屋を飛び出す。背後から二人の声がするが、関係無い。

キャパオーバーだ。これ以上酔った二人の相手はもう出来ない。アパートの廊下で乱れた呼吸を整えていると、不意に声をかけられた。

「あれー？　りーくん、どうしたの？　一人でお散歩？　一緒に猫探しに行く？」

「……うん、やっぱり結菜と会うと安心するよ。猫、探しに行くか」

「えへへー？　よく分からないけど猫探しに付き合ってくれたー！　今日は三毛猫見つかるといいなぁ！」

そのまま俺は結菜とコンビニまで散歩をして、柊と響香さんが落ち着くことを祈りながら、時間をかけて自室に戻った。

帰って来る頃には女子二人は完全にお酒が回ったのか、眠ってしまっていて……数時間後に目を覚ました二人と別れ、飲み会は無事終了した。

後日。大学の講義室で柊から話しかけられ、あの日のことを尋ねられた。

「実は私、所々の記憶が無いのよね……二日酔いにはならなかったけど、気付いたら家で眠っていた感じ。迷惑、かけなかった？」

「そうなのか……でも、酔った柊は珍しくて面白かったよ。いつもより饒舌だったし」

俺が笑うと、柊は照れたように頬を赤らめて顔を背ける。酔った時のことを指摘されると恥ずかしいよな。

「今後は気を付けるわ。それより、酔った響香からたまに電話が来て鬱陶《うっとう》しいのよ。あなたから注意してくれない？」

「え？　二人とも、いつの間に連絡先を交換したんだ？」

「それも記憶に無いの……本を読んでいる時に長電話に付き合わされて嫌になるわ。悪い人じゃないと思うけど、ね」

そう言いつつも、柊はどこか満更じゃなさそうで。

つい笑ってしまった俺を、彼女は思いっきり睨《にら》みつけてくる。

「ちょっと。笑いごとじゃないのよ？」

「はいはい。言っておくよ。そろそろ次の講義があるから、またな」

少し前までは他人との交流をしなかった柊に、新しい友達が出来て。

何だか少しの寂しさがありつつも、それ以上にあの日の愉快な柊と響香さんを思い出して、胸が温かくなる昼下がりだった。

＼作中に登場したお手軽レシピをご紹介！／

ピリ辛orさっぱり!2種のブルスケッタ風

レシピ制作：ぼく

材料（1人前）

食パン……1枚
ソーセージ……1本
カニカマ……4本
ピザチーズ……10g
にんにくチューブ……1cm
ケチャップ……大さじ1
タバスコ……2振り
マヨネーズ……大さじ1
塩胡椒……1振り
レモン汁……小さじ1/2

作り方

❶食パンを十字に４つ切りにし、そのうち２つに斜めにスライスしたソーセージを乗せる。

❷ケチャップ、にんにく、タバスコを混ぜたソースを塗り、ピザチーズを乗せてトースターで３分焼く。
※２つはそのままトースト！

❸割いたカニカマ、マヨネーズ、塩胡椒、レモン汁をボウルで混ぜる。

❹そのままトーストした方のパンに❸を盛り付けたら、完成！

※お好みで塩もみして輪切りにしたきゅうりを加えてもGOOD！

濃厚ピリ辛味と酸味ある
さっぱり味、どっちも最高!!

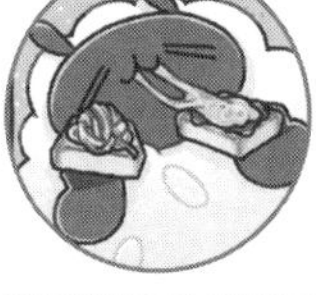

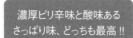

『ハピてる』マスコットキャラクター

おこメェの秘密♡その❶

本作のマスコットでもあり、結菜がゲーム実況をする
際に使っているアカウント“艶姫”のアイコンとして
作中にも登場する謎多きキャラ・おこメェ。
その秘密やここだけの情報をこっそりお届け♡

実は、結菜の地元
山形県の商店街の
ゆるキャラ®なのだ！
名産のお米＋羊（メェ）
がモチーフだよ！

Recipe 06

「私たちのやりたいこと！」

梅雨明けらしい湿度の高い気温、ついにはセミの声まで聞こえ始めた。

こんな食欲の落ちそうな季節には、さっぱり飯が似合う。

「昼食は……シラス丼でいいか」

俺は、冷蔵庫からシラスを取り出し、醤油とレモン汁、七味を揃える。

あとは白米をこの丼によそって……。

「理人ぉー、部屋に居るー？」

食器棚を開けると同時に、部屋のドアがノックされた。

声の主は階下に住む年上お姉さんこと、唐木田響香さんだ。

「珍しいですね、響香さん。お酒以外を手に持っているなんて」

ドアを開けると、彼女は大人っぽいスタイルに不似合いな、マスコットがプリントされたトートバッグを持っていた。

「こらこらー？　これでもしっかりとした、大人のお姉さんだよ？　お酒は八時になってから！」

「お酒は二十歳になってから！　みたいなノリで言う台詞ではないですね？」

「ウチの魅力も夜になってから！　若者には刺激的すぎるから……ね♡」

「マジで何しに来たんですか？」

「そんな迷惑そうな顔しないでー？　これ、理人の物じゃない？　外階段の脇に置いてあってさ」

「いや、俺のじゃないですよ。中に身分証とか入っていないですかね？」

中を覗いてみると、お菓子の空き箱や、ビニールバッグに入った湿ったタオルと謎の衣類が入っていた。

そこに一つだけ、クリアファイルに入ったプリントがある。

「これ……進路希望調査書か？」

「このアパートでこれが必要なのって」

「あー！　私のバッグー！」

戸惑っている俺たちの前に、外階段を駆け上ってきた結菜が飛び込んで来る。

「りーくんが拾ってくれたの？　さっきアパートの下で猫ちゃんを見つけて追いかけていたら、どこかに置き忘れて探していたの！」

「いや、見つけたのは俺じゃなくて響香さんだよ」

結菜は嬉しそうに響香さんの手を握って笑みを浮かべる。

「ありがとう、きょーちゃん！　てへへ！」

「気にしなくていいよ。結菜ちゃんには色々世話になっているからね。その可愛い笑顔を見られるだけで、お姉さんは幸せだから」

俺は姉妹のように楽しく話を弾ませる二人に、ある疑問が浮かぶ。

「二人とも、そんなに仲良かったか？」

「うん！　私がここに引っ越してきた頃から、きょーちゃんとは『洗濯仲間』だよ！」

「女性の一人暮らしは、なかなか洗濯物を干しづらいじゃない？　だから、たまに結菜ちゃんと一緒に近くのコインランドリーに行くの」

「そうそう！　今日も後でこれを……あ、あああっ！」

何かを思い出したかのように、結菜は大声を上げて俺の手からバッグを奪い取る。

「どうした、結菜。顔が赤いぞ？」

「……み、見た？」

俺はその言葉の意味が分からず、首を傾げる。

「バッグの中ぁ！　わ、私の、その」

「中ぁ？　食べかけのお菓子と服くらいしか入っていなかっただろ？」

俺が答えると、結菜は声にならないか細い悲鳴を漏らし、その場にうずくまってしまう。

そんな結菜を見て、響香さんはトートバッグの中をこっそりと確認する。

「あー、なるほどね。これは恥ずかしいよ、理人」

「恥ずかしいもの？　何かありましたっけ？」

「キミは鈍感だなぁ。夏、女子高生、体育……ときたら？」

体操着？　いや、それくらいで恥ずかしがるか？　待てよ？　さっきバッグを開いた時に見えた衣類は、ビニールバッグに入っていて、湿っていたような……あ。

「スクール水着か……！」

「声に出さないでよぉおお！　りーくんのバカ！　ヘンタイ！　特殊性癖！」

結菜は更にうずくまり、そのまま床に丸まってしまう。ダンゴムシかな？

響香さんは丸まった背中を指で突きながら、俺に冷めた視線を送ってくる。

「ちょっと男子ぃー。流石にデリカシーが無いでしょ？　水着をいやらしい目で見ちゃってさぁ。先生に言いつけるよー？」

「今のは響香さんが言わせたようなものじゃないですか！　俺は、い、いやらしい目で見ていませんから！　あー……その」

気まずい。また今度夕飯でも作って機嫌を直してもらおう……。

「悪かったな。てっきり、俺はこっちの方がマズいのかと思って」

俺が進路調査書を差し出すと、結菜は「わぁっ!?」と驚いてプリントを奪い取った。

「見るつもりじゃなかったんだが」

「い、いいの！　これは夏休み後に出すやつだから、へーき、へーき！」

結菜は俺の手から調査書を抜き取って、乱暴にバッグへ押し込む。

「あはは、夏休み、楽しみだなー！　そうだ、二人は遊びに行く予定とかあるの？」

強引に誤魔化された気がするが、もうそんな時期か。来週には大学も休暇期間になる。

「夏休みね……ウチには縁《えん》のない話だなぁ」

「俺も、特に予定は無いな」

「それならさ！　みんなで夏を満喫しようよ！　きょーちゃんもバイトお休み取って！」

前のめりに提案してきた結菜に、俺と響香さんは考える。

「うーん。夏は急に休むパートさんや学生が多いから、ウチはその穴埋めが多くて一日は休めないかも」

「えぇー！　夏なのに！　花火にお祭りに、海に……あとは、ホラーゲームで肝試しも！」

「海……！　海いいねぇ！　子供の頃に一度行ったきりだけど、今なら、眩しいビーチで辛い焼きそばを冷えたビールで流し込んで、ホットな恋に落ちるの！」

「それ、すっごくいい！　ミーちゃんも誘ってみようよ!?」

「あー……この前電話で似たような話をした時は、『海？　水着になるのよね？　そんな恥ずかしい格好、浅生君に見せられないわ』とか言っていた気がする、かも」

「そっかぁ。じゃあ残念だけど、りーくんはお留守番だね」

「柊のために、ごく自然に俺を仲間外れにする流れになってない!?　いつの間に三人で海に行くほど仲良くなったんだ？」

「えへへ、冗談だって」

「あはは。海は一日休まないといけないだろうし、流石に厳しいんだけど、でも次の日曜なら、午後から半休は取れるよ」

「本当？　それならお家でお手軽に出来るやつがいいよね！」

「そうだね。ウチらがお家で集まったら、やることは一つ……ね？」

結菜と響香さんが俺に、期待に満ちた目を向けてくる。

「りーくん！　私、あれやりたい！　流しそうめん！」

drunkard

「流しそうめんか。俺もやったことないし、楽しそうだな。響香さんは？」

「いいと思う。理人と結菜ちゃんがノリ気だし、そうめんなら水咲ちゃんも参加するでしょう？　ドレスコードが水着じゃなかったらね。ふふっ」

思わずスクール水着姿でそうめんを啜《すす》っている柊を想像してしまった。シュールすぎるが、水着自体は似合いそうだな……俺にそんな趣味は断じて無いが！

「次の日曜日に、四人でそうめん大会！　私、流しそうめん器を買ってくるよ！」

無邪気にはしゃぐ結菜と初めての流しそうめんに期待が膨らんだ。

ただ、そんな結菜の隣でスマホのカレンダーを見つめる響香さんの横顔が少し気になったが……。


日曜日、昼すぎ。そうめんの準備は万端だが、約束の時間になっても三人がなかなか現れない。

連絡をしようとスマホを手に取った瞬間、小さく通知音が鳴った。

「え……？　響香さん、来られないのか？」

画面をタップし、表示されたメッセージを見て思わず声を漏らしてしまう。

『急にシフトが夕方までになっちゃって、約束の時間に帰れないかも……申し訳ないけど三人で食べちゃっていいからね！』

メッセージはそれだけで、俺が『大丈夫ですか？』と返しても既読はつかない。

「仕事なら仕方ない……か」

二人に連絡をしようとすると、タイミングよく玄関のチャイムが鳴る。

ドアを開けると、柊と結菜が並んで立っていた。

「二人とも暑い中お疲れ様……って、結菜？　どうした？」

柊の隣に立っている結菜は、何だか困ったような顔をしている。

確かお昼前に、流しそうめんの機械を買って来ると言っていたはずだが。

そんな結菜を尻目に、柊が袋から小ぶりな箱を取り出した。

「これしか売って無かったらしいわ」

「うぅ……最近ＳＮＳでそうめん動画がバズった影響で、どこも品薄なんだって……」

そうめんの機械はティッシュケースより少し大きいくらいの物で、高さも殆ど無い。想像していたものとは随分違うけど……。

「き、気にするな！　そうめんの味には変わりないから大丈夫だよ！　暑いだろうし上がってくれ。冷房効いているから」

部屋に入った二人はその心地良さに小さく息を吐く。俺は麦茶を振舞いながら、響香さんの不参加を告げた。

「バイトが忙しくて来られないそうだ」

「えぇー!?　きょーちゃん、来られるって言っていたのに？」

「響香さん、頼まれたら断らないからな……」

それでも結菜は少し不満げで、柊も無表情ではあったが何だか寂しそうだった。

「とりあえず、三人でそうめんを食べようか」

俺は氷を入れた深皿にそうめんを盛り付け、二人の前に持っていく。

結菜と柊はそれでようやく、楽しそうな顔を浮かべてくれた。

「わぁ……！　こうやって見ると、夏って感じだね！」

「そうね。じゃあ、機械を動かしてみましょうか」

柊が流しそうめん器の電源を入れると、低いモーター音と共に水が回りだす。

そこに結菜が大皿から適当にそうめんを投入すると――。

「や、やっぱりサイズが物足りないよぉ……！」

「悪くはないけど、流しそうめんっていうかレトロな洗濯機みたいだな」

そうめん器が小さいのと、モーターの回転数が早いせいで一周がとても早い。

流したそうめんを掬って食べた結菜と柊は、困ったように笑うだけだった。

「これ、わざわざ使わなくてもいいかも……？」

「ついでに、味を変えてみるか？　途中で味に飽きることも考えて、ちょい足し用の準備をしていたからさ」

俺は台所に向かい、用意してあった食材を取り出す。

ダイス状に切ったトマトと、千切りにした大葉。調味料と、ツナ缶。

本当に簡単なちょい足しだけど、これだけで味が大きく変わるのだ。

「混ぜたら【トマトのっけ麺】トッピングの完成だ！　食べてみてくれ」

皿に盛り付けた特製のトッピングを二人の取りやすい位置に置く。

まずは結菜が、少量をめんつゆに浸してからゆっくりと啜る。

「わぁぁ！　おいしい〜‼　全然違うよ！」

「本当に……とっても爽やかな味になっているわ。洋食みたいな後味もあって、食べやすいし、途中でこんなに変わると、まるで別料理ね」

柊も同じように、味変したそうめんに目を輝かせている。

「うん！　普通のそうめんもスルスル食べられるけど、こっちは食べ応えがあって好き！　口の中で具材が回って、流しそうめん状態だね、ミーちゃん！」

「結菜ちゃんの言う通りね。爽やかで少しピリ辛な感じもして、とっても夏らしいわ。浅生君、この辛味は……タバスコかしら？」

「ああ。トマトやツナもそうだけど、なるべくみんなが好きな物を入れたくてさ。響香さんはいつもピリ辛おつまみだしな。喜んでもらえて何よりだよ。……結菜？」

「みんなが、好きな物……」

結菜は箸を置いて、何かを考え込んでいる。そして、急に立ち上がったかと思うと。

「りーくん！　やっぱり私、きょーちゃんに会いに行ってくるよ！」

「え？　いや、まだバイト中だぞ……って、おい！　結菜！」

結菜は俺の返事を待たず、部屋を飛び出していく。

俺は玄関ドアの近くにぶら下げていた鍵を手に取り、柊に渡した。

「柊。先に行って結菜を追いかけるから、施錠を頼む！」

「ええ、任せて。」

俺は急いで部屋を出て、結菜を追った。

生石荘から徒歩で十分弱程度の場所にある響香さんの働くハッピーマートは、走ればすぐに到着することが出来た。結菜にはギリギリ追い付けたようで、入り口の手前でその姿を捉える。

「おい、結菜――」

「あれぇ？　結菜ちゃん、どうかしたの？　そんなに汗だくで……」

少し離れた場所から俺が声をかけるよりも先に、店内からゴミ袋を両手に持った響香さんが出てきた。勤務中のため、制服姿のままだ。

「きょーちゃん。あのね、聞いて欲しいことがあるの」

結菜は乱れた息を整えながら、額の汗を拭って顔を上げる。俺の目に映るその横顔は、いつもの柔らかな雰囲気の結菜とは違っていて。

「やっぱり海に行こうよ！　私と、りーくんと、ミーちゃんと、四人で！　全員が参加出来る日を決めて、絶対に行きたい！」

その真剣な面持ちと声音に、響香さんも驚いたのだろう。

「きゅ、急にどうしたの？　確かに今日参加出来なかったのは悪いけど、ウチがいなくても別に――」

「きょーちゃん、今日のことだってすごく楽しみにしていたし……本当は、海だって行きたいよね？　私のワクワクに負けないくらい、一番やりたいこと、あったよね？」

「でも、ウチにはバイトが……」

「きょーちゃんが居ないと、ダメだよ！　ねえ、きょーちゃん。人生はとっても長いから、一日くらい休んだって取り返せるよ！　今やりたいことは今やらなきゃ！　店長さんにお願いして、休みを取って……今しか作れない思い出を作ろうよ！　みんなで！」

それはきっと、大人の事情を一切慮《おもんぱか》らない、結菜のワガママだ。

『子供』とも、『大人』とも、どちらとも言えない、青い春の中に居る女子高生の言葉。

だけど俺は……いや、『俺たち』は、だからこそ、その真っすぐな言葉に思わず黙り込んでしまう。

「……うん、そうだね。ウチも四人で遊びたい！」

「……あ、だけど水咲ちゃんは水着NGだったような？」

「水着姿が恥ずかしいだけで、海に行きたくないとは言っていないわよ」

その言葉に反応したのは、遅れて到着した柊本人だった。

「水咲ちゃん！　理人も！　え？　でもいいの？　水咲ちゃんが嫌なら無理には……」

「そうね。本当に嫌なら断るわ。でも……響香が行きたいなら、付き合うわよ」

汗だくで、それでも無表情を貫きながら、優しい言葉をかける柊。

響香さんはそんな柊を、思い切り抱きしめていた。

「ありがとう、水咲ちゃん！　ウチ、あなたのそういうツンデレ感が大好きっ！」

「汗でベトベトだからベタベタしないでほしいわ……」

柊は耳を赤くしながらも嫌そうな顔をしていたけど、無理に引きはがすことはなかった。

その後。ゴミ出しを終えた響香さんは客足が緩やかになったこともあり、店長に許可を得て早めに退勤出来た。

俺たちはアイスを食べながら並んで歩き、アパートへと帰る。

「結菜ちゃん、ありがとうね」

俺と柊の前を歩く響香さんが、隣の結菜に笑いかけた。

「ふぇ？」

「ウチ、やりたいことがあってさ。そのために今は我慢してお金貯めなきゃって……思い込んでた。昔からそういう我慢気質でさ。弟と妹がいるからかな？　だけど結菜ちゃんに言われて気付いたの。少しだけ、今は自分がしたいことを優先しても、いいのかなって」

だから、ありがとう。そう感謝を告げられた結菜は、太陽のように眩しい笑みを浮かべる。

「えへへー！　どういたしまして！　そうそう。自分がしたいことを優先するのが一番大事……あ、そうか。そういうことなのかも！」

「ん？　どうしたの、結菜ちゃん？」

「ううん、何でもない！　それより、早く帰ってそうめん大会再開しようよ！　どこの海に行くとか、どんな水着着るかの話もしたいし！　ね？　りーくん、ミーちゃん！」

「み、水着の話題は遠慮させてくれ」

「私も遠慮するわ。水着なら高校の時に授業で使ったものがあるし、それを……って、どうして三人とも、一斉に噴き出したのよ？」

俺も結菜も、響香さんも。先日の出来事を思い出してしまったのだろう。

スクール水着事件を知らない柊だけが困惑しつつも、俺たち『四人』は楽しく穏やかな時間の中で笑い合う。

紺碧《こんぺき》の空に浮かぶ、わたあめのような分厚い白い雲。セミの混声合唱。揺れる青葉たち。

俺たちの周りの全ての景色が、〈夏休み〉の始まりを告げていた。

＼作中に登場したお手軽レシピをご紹介！／

ピリ辛×爽やか！トマトのつけ麺

レシピ制作：ぼく

材料（1人前）

そうめん……100g
めんつゆ……適量

トマト……1/2個
大葉……5枚
粉チーズ……10g
タバスコ……好きなだけ
ツナ缶……1缶
めんつゆ……小さじ2

作り方

❶そうめんを茹でておく。

❷トマトをダイス状にカット。大葉は千切りに。

❸ボウルに❷と粉チーズ、タバスコ、油を切ったツナ缶、めんつゆ（小さじ2）を加えてあえたら、具材は完成！

❹そうめんをめんつゆに浸して食べる際、具材を一緒に召し上がれ！

※大葉の代わりにバジルを入れるとイタリアンに!!

いつものそうめんに飽きたら、
ぜひお試しあれ!!

『ハピてる』マスコットキャラクター

おこメェの秘密♡その❷

結菜（艶姫）はおこメェが大好き。SNS アイコンのほか、愛用コントローラーもおこメェ仕様にカスタムしているよ♥

Recipe 07

「みんなで夏休み！」

「ねえ、理人。さっき買ったグミをウチのお口に一つ入れてくれる？　あーん♥」

「あら、浅生君。響香は運転中だから危ないわ。私が代わりに食べてあげる」

「それなら私が食べる！　二人とも前の席だし？　ね、りーくん？」

四人乗りの軽自動車。その車内で、俺たち四人は楽しくドライブをしていた。

もちろん、ただのドライブじゃない。夏休みが始まる直前に約束していた、四人で海に行くという目的のためだ。

「あーん」と待ち構えている結菜の口に、グミを一つ放り込んで残りを助手席の柊に渡した。

「柊、残りは響香さんと二人で食べてくれ」

「……この状況だと、私が響香に食べさせなきゃいけないのかしらね」

「えぇー？　水咲ちゃん、何が不満なのよぉ！」

「全部だけど？」

柊はそう言って、響香さんを無視して一人でグミを食べ始めてしまう。

「あーん！　年上のお姉さんには優しくしないとダメだぞー！」

嘆く響香さんだが、その顔はどこか楽しげだ。

俺は代わりにペットボトルのコーラを開け、有料道路の精算レーンの順番待ちに入ったタイミングで響香さんに手渡した。

「楽しそうですね、響香さん？」

「ふふっ。もちろん！　一日バイト休みなのも久々だし、こうやって大好きな三人と一緒に夏を過ごせるとか、テンションブチ上げでしょ！」

コーラを受け取った響香さんは一気に半分飲み干し、残りを俺に返してくる。

「はい、理人。あとはキミが飲んじゃっていいからね？」

「え？　あ、あの。それだと……」

「もしかして、間接キスが恥ずかしいのかなぁ？　キミは本当に可愛いなあ！」

いつもより何倍も意地の悪い笑みを浮かべる響香さん。すごく楽しそうだな！

「りーくんがいらないなら、私が貰っちゃうね！」

すると、結菜が俺の手からコーラを抜き取って嬉しそうに飲み始める。

ルームミラーに映った響香さんはちょっぴり苦笑いをしていたが……もしかしてまだ飲みたかったのだろうか？

「そろそろ着くみたいよ」

助手席でスマホを使ってナビをしていた柊が、目的地付近への到着を知らせる。

インターチェンジから普通道路へ降りると――。

白と青だけの世界が、目に飛び込んで来る。窓から入る風の匂いに潮の香りが混ざり、巨大な入道雲と眩《まばゆ》い光を放つ海がフロントガラス越し、俺たちの視界いっぱいに広がった。

そしてその光景を見た瞬間に、全員の口から同じ言葉が飛び出していた。

「「「海だー!!」」」

海水浴場に到着した俺たちは車を停め、下に水着を着てきた俺が先に海へ向かい、三人が車の中で着替えて後から追いかけてくることになった。

車から飲み物や遊び道具を下ろして、海の家で借りたパラソルを適当な場所で設置する。

夏休みのため人は多いが、充分なスペースは確保出来たな。

「りーくん！」

聞き慣れた声に、ゆっくり振り返る。

すると、そこには三人の女の子が立っていた。さっきまで車内でバカ騒ぎしていた、あの子たちと同一人物とは思えない……美少女たちが。

「お待たせ！　どうかな、りーくん。私の水着、可愛いでしょー！　えへへ！」

「あの……あ、あまり見ないで、浅生君。こんな身体、見ても楽しくないでしょう？」

「んふふー？　あれ、理人？　もしかしてウチらのセクシーボディに見惚《みほ》れてない？」

三者三様。それぞれが違った言葉と、水着を伴って。

俺の前に並んで立つ姿から、目が逸らせない。

すれ違う人たちも振り返り、彼女たちに熱い視線を向ける。

誰もが認めるくらい、結菜も、柊も、響香さんも……魅力的だったから。

「えっと、とりあえず……準備体操でもします？」

俺はどうしていいのか分からず、ぎこちない足取りで浜辺へ歩き出すしかなかった。

「ねえ、理人。ウチの身体にオイルを塗ってくれる？」

準備体操を終えると、すっかり水着姿に慣れた響香さんがボトルを手渡してきた。

「え？　いや……それはよろしくないかと、思われますね？」

変な言葉遣いで返事をして、ボトルを返そうとすると――。

視線が、つい下の方に向く。響香さんがわざとらしく強調している、その充分すぎるほど豊満な二つの膨らみに。

「うふふ。お姉さん、今すごく男の子の視線を感じちゃったなー？　ウチは背中にオイルを塗って欲しいだけなのに、理人は何をするつもりだったのか……ひぃん！」

何事かと思ったら、悲鳴を上げる響香さんの背後から、柊が冷たい指でオイルを背中に塗り始めていた。

「私がやってあげるわ。その大きな胸とお尻だと、大変そうだし」

「水咲ちゃん……ふ、ふふっ。ありがとう。ウチも塗ってあげるね？　その小さなお胸とお尻だと、すぐ塗り終わりそうだし？」

睨み合う二人からそっと離れようとすると、急に誰かに手を握られる。

「りーくん！　一緒に海、入ろう！」

「ゆ、結菜？　お前は日焼け止めやオイルを塗らなくていいのか？」

「うんっ！　そんなことより一秒でも早く、りーくんと遊びたいから！」

俺たちはそのまま砂浜を駆け抜け、二人で一緒に海に向かっていく。

「あ、抜け駆けはずるいい！　ウチらも行こう、水咲ちゃん！」

「いや私は別に……もうっ、仕方ないわね」

そんな俺たちの後ろから響香さんと柊が同じように手を握って駆け寄って来る。

一番乗りを取られたくなくて、みんなが必死に走って、海に飛び込んで。

全身をびしょびしょにしながら、その心地良さに笑い合う。

「よーし！　今日はくたくたになるまで、全力で遊ぼうねー！」

そう宣言する結菜の笑顔は、太陽を反射してきらめく水しぶきのなかで、とても輝いて見えた。


数時間後。ビーチバレーや砂遊びを満喫した俺たちは、昼食を摂《と》ることにした。

海といえば海の家。現地で適当に何か買って食べようと、計画を立てていたのだが……。

「ダメだ。今年は海の家が去年より減っているみたいで、大行列と売り切ればかりだ」

買い出し前に下見に行くと、とてもじゃないが気軽に昼食を買える感じではなかった。

こんなことなら道中のコンビニで弁当を買うべきだったか……。

「仕方ない。俺が車で何か買ってくるよ。スーパーが少し先にあるみたいだし、そこで……」

「買わなくていいと思うよ？」

俺の言葉を遮ったのは、響香さんだった。結菜と柊も小さく首肯している。

俺だけが首を傾げていると、結菜は荷物から何かを取り出して——。

「だって……私たちみんなで、りーくんのために作ったから！」

結菜の言葉で、その『何か』の正体が分かった。ランチボックスだ。

まさか、三人で――？

「作ったのか？　お弁当を？」

半信半疑な俺の言葉に、三人は照れながら頷いてくれる。

「出発前に私の家に早めに集まって、作ったの。アパートだとあなたに気付かれるかもしれないから」

「そうそう。水咲ちゃんのお家、調理器具が充実していたから助かったよね」

「新品ピカピカの道具がいっぱいで楽しかったねー！　あれ？　でもミーちゃん、料理しないよね？」

「一人暮らしをする時に家電を買ったらセットでついてきたのよ。まさか役に立つ日が来るとは思わなかったけどね」

三人はいつもより少し早口で種明かしをする。

「サプライズ大成功、だね！　で、でも……中を見て、笑っちゃダメだよ？」

結菜が弁当箱を開けると、そこには丁寧に握られたおにぎりがたくさん入っていた。

付け合わせには、少し焦げたウインナーと……焦げた何か。

「い、一応味見はしたから！　食べられるからね!?　見た目は良くないかも、だけど……あっ」

俺はランチボックスからおにぎりを取って、大きく口を開けてかぶり付く。

形は悪い。塩も少し多い。それでも――。

「おいしいよ、本当に……すごくおいしい」

俺がそう呟くと、三人は喜びと安堵の入り混じった表情を浮かべてくれる。

上手に出来るかな。ちゃんと食べてもらえるかな。喜んでくれるかな。

料理をする時に、俺がいつも思っていること。そんな不安は、ただ一つの言葉で魔法のように吹き飛んでしまうんだ。

おいしい。食べてくれた相手の、その一言だけで。

「えへへ！　作って良かった！　ミーちゃん、きょーちゃん。私たちも一緒に食べよう！　もうお腹ペコペコだよー」

結菜がおにぎりを手に取ったのをきっかけに、響香さんと柊もそれぞれおにぎりを手に取る。

「ホント！　とってもおいしい！　食べごたえほしくて、そぼろを混ぜ込んでみたけど、正解だね！　レンジに突っ込んだだけなのに完璧じゃない？」

「そぼろがまばらで全然完璧じゃないわよ。でも、食感や味の濃さが不規則なのも楽しいわ。私たちにしては上出来よね、きっと」

誰かの手料理ってあったかくて、こんなにも……うまいもんだったんだな。

食後。俺と柊がパラソルの下で休んでいると、飲み物の買い出しから戻って来た結菜と響香さんが何かのビラを見せてくる。

「りーくん！　あっちの特設ステージでスイカ割りやっているみたいだよ！　二人一組で参加出来るみたいだから、私たちも出よう！」

結菜から受け取ったビラには、【カップル限定！　スイカ割り大会！】と書かれている。

目隠しして回転した一人が、もう一人の指示でスイカを割り、成功したら一玉プレゼント、か。

「参加費無料？　随分太っ腹だな」

「スイカ食べたい！　だってこれ、尾花沢のスイカだよ！　山形県の！」

「でも、私たちの中にカップルなんていないわよ」

「真面目だねえ、水咲ちゃんは。こういうのはその時限りで関係を偽ればいいんだって。一晩限りの恋と同じね……ふふふ」

「ふぅん？　まるで経験がありそうな口ぶりね？」

「ぇ？　あ、わ……う、ウチも別に、そのぉ」

顔を真っ赤にして何かを呟く響香さんだったが、そんな彼女を尻目に結菜が話を継ぐ。

「じゃあ私がりーくんと組む！　お隣さん同士、息がぴったりだし！」

「カップルを装うなら私が適任じゃない？　同じ大学の同じサークル仲間……小説ではよく出てくる、定番の恋愛関係ね」

「それを言ったらウチも、ずっと同じ屋根の下で過ごしている仲だよ？　つまり誰よりも同棲期間が長い……みたいな感じ？　違う？」

三人がそれぞれ、俺の相方として立候補する。確かに勝ちにいくなら息の合った者同士で組むのが好ましいけど……うーん。

「じゃあこうしよう。俺が練習も兼ねて、目隠しして回転する。それで止まった先に立っている相手とペアを組む。余った二人も組んで出場。どうだ？」

その提案に結菜たちは互いに見つめ合い、頷き返す。決まりだな。

俺はタオルで目隠しをしてその場で回転し、完全に前後左右が分からなくなった状態で止まって、ゆっくりと目隠しを外す。

そして、目の前に立っていた相手は――。

「盛り上がってきました！　カップル限定スイカ割り大会！　ここまで多くのカップルがスイカを叩き割ろうとしてきましたが、未だに成功者は居ません！」

ビーチの近くに設置された、特設ステージの上。白いビキニに麦わら帽子を被《かぶ》った、司会のお姉さんが楽しそうにMCをしている。

どうやら彼女はご当地アイドルで、このイベントも地域を盛り上げるためのものなのだとか。

「続いて挑戦するのはこの二組！　まずはそちらの美人なお姉さん二人組に、お話をお聞きしましょう！　ふ、二人はやっぱりラブラブなのですか⁉」

鼻息を荒くしたお姉さんがマイクを向けたのは、柊と響香さんだった。

柊は小さく溜息を吐いて、鬱陶しそうに答える。

「知り合い以上、っていう程度です」

冷めた答えにお姉さんは不満げだが、しかし響香さんは。

「んー？　水咲ちゃんったら恥ずかしがらなくていいのに。いつもはこうやって、愛し合っているのに……んっ」

そう言って柊の頬にキスをしたのだった。

瞬間、会場、沸騰。

オーディエンスの大歓声を受け、顔を真っ赤にする柊。その恥じらいが更なる起爆剤となって、観客は爆発的に盛り上がる。

「キマシタワー！　超お似合いの美女カップルです！！　いいですよね！　強気な年上お姉さんが無口な後輩ちゃんをアレやコレで篭絡《ろうらく》していく展開……はぁ、はぁ」

お姉さんの名誉のために補足するが、最後は早口の熱弁で息が切れただけで、決して興奮しているわけではない……はずだ。

「さてさて、続いてはこちらの男女カップルのカワイイ彼女さんにお聞きしましょう！　どれだけラブラブですかー？」

「りーくんはいつもおいしいごはんを作ってくれて、同じお部屋で食べています！　そんな時間がすごく……大好きです！」

結菜の言葉で、再び会場は大盛り上がりを見せた。

その言葉に思わず、俺は結菜の横顔を見つめていると、不意に目が合う。

「てへへ。大好きって、言っちゃったね？」

悪戯っぽい笑顔に、思わず心臓が高鳴る。

「では、始めましょう！　お兄さんと女の子のペアから、準備をどうぞ！」

司会に促され、俺と結菜は慌てて準備をする。練習した俺がスイカを割る役かと思ったのだが。

「りーくん！　ここは私に任せてよ！」

ハイテンションな結菜がスイカ割りの棒を手にしてしまったため、俺は指示役となった。

こういうところは年相応、だな。

「それでは回転、スタートです！　はい、まだまだ回って！　もう少し！　はい、ストップ！　ではお兄さん、彼女をスイカに導いてあげてください！」

「よ、よし！　結菜、少し前に歩いて……右に寄りすぎだ！　そこから二歩くらい左に行って」

「こ、こう？　りーくん、もっと分かりやすく教えてよぉ！」

結菜はなかなか思うように動いてくれない。どうすればいいだろうか……そうだ！

「俺の部屋をイメージしてくれ！　結菜が部屋の中央に立っている感じで！　今の結菜は台所の方を向いている状態で、スイカの場所は玄関だ！」

そのイメージを共有出来たのか、結菜は急に背筋がまっすぐになった。

「部屋の中央で玄関……なるほど！　じゃあこっち向いてからすり足で、一歩、二歩……」

「いいぞ、結菜！　あと一歩だけ前に踏み出して……いけー！」

スイカとの距離は完璧。後は棒を振り下ろすだけだ！

「えーいっ!!　あ、あれ？」

観客から大きな悲鳴が上がる。

振り下ろす勢いで棒がすっぽ抜けてしまい、結菜は思いっきり棒を吹っ飛ばした。もちろん、スイカは傷一つない。

「残念でしたー！　続いてはお姉さんペア、準備どうぞ！」

司会のお姉さんは余韻を与えず、さっさと俺たちに退場を促す。

目隠しを外した結菜と一緒に、ステージ袖から階段を下りた、その直後だった。

「失敗だったねえ、りーくん。でも楽しかった……あ、あれ？」

回転の影響からか結菜の足がもつれ、そのまま前に倒れそうになる。

俺はすんでのところで後ろから結菜の身体の前に手を入れ、抱きかかえるように支えたのだが。

「おっと、危なか……っ、あ！」

俺は自分の腕が、どこに当たっているのかに気付いて顔が熱くなる。

お腹を支えているつもりだったけど、実はその僅か上の方。

もう少しだけ柔らかい部位を、思いっきり触ってしまっていた。

「ぷっ……ふふっ。あはは！　りーくん、照れすぎだよー！」

俺の顔を覗き込んで、結菜は無邪気に笑っているように見えたけど。

俺と同じくらい、顔を真っ赤にしていて。

「わ、悪い！　すぐに離れるから！」

「まだ眩暈《めまい》がするからだめぇ。もう少しだけ、私が倒れないように支えて？　あ、でも恥ずかしいから腕はここ、ね！」

結菜は俺の腕を、自分のウエスト辺りに誘導する。

「いや、ここでも流石に恥ずかしいが……」

「いいの。だって今の私たちは……カップル、でしょ？」

そう言った結菜の顔は、後ろからは見えなかったけど。

その声はどこか楽しげで、だから無下にすることが出来なかった。

「うぉー！　見事直撃ぃ！　おめでとうございます、お姉さんカップルのお二人が、尾花沢産のスイカを獲得ですー！」

司会の興奮した声でステージを見ると、柊と響香さんが見事にスイカを粉砕したようだった。

「やったね、水咲ちゃん！　ウチを優しくリードしてくれたおかげだよ！」

「ご、誤解を招く言い方は止めて欲しいのだけど……でも、成功したのは嬉しいわ。ふふっ」

二人は大量の拍手を浴びながら、勝利の喜びを分かち合う。

こうして俺たちは、お目当ての尾花沢産スイカを手に入れることが出来たのだった。

帰りは俺が運転を担当し、助手席には故郷のスイカを抱えた結菜が座る。

後部座席のお姉さん二人組は、スイカ割り大会の観客から大人気となり、スイカだけでなく酒やお菓子の差し入れもたくさんもらっていた。

大活躍でさすがに疲れたのか、互いに頭を預け合い、寝入ってしまっている。

「今日は最高だったね！　りーくん！」

結菜はスイカをぺちぺちと叩きながら、相変わらず元気満点の様子で話しかけてくる。

「ああ。でも流石に少し眠いかな」

「居眠り運転、ダメ！　ゼッタイ！　じゃあ私がオススメの動画を見せてあげるから、それを観ながら運転しようよ！　最近オススメのＮＯＡちゃんっていう配信者がいてさー！」

「居眠り運転並に危険なことをさせようとするな！　今度観るから！」

「じゃありーくんが眠くならないように、私がいっぱいお喋りしてあげる！　今朝のお弁当作りの話とか！　ミーちゃんがレンジで卵を爆発させてね――」

「それはお前も前科があるだろうが……ははっ！」

それから結菜は延々と、俺のためにお喋りを続けてくれた。

思えば三人のおかげで、本当に楽しい夏休みになったな。

窓の外に見える眩しいオレンジの空が、忘れられない一日の最後を鮮やかに彩っていた。

＼作中に登場したお手軽レシピをご紹介！／

電子レンジでお手軽！味《み》噌《そ》そぼろおにぎり

レシピ制作：ぼく

材料（2～3個分）

ごはん……200g

鶏ひき肉……100g

味噌……大さじ1/2

醤油……小さじ1

生姜《しょうが》チューブ……小さじ1

砂糖……小さじ1

片栗粉……ふたつまみ

作り方

❶耐熱ボウルやどんぶりに、鶏ひき肉、味噌、醤油、生姜チューブ、砂糖、片栗粉を入れてスプーンでよく混ぜる。

❷ふんわりラップをしたら、レンジ500Wで２分半温める。

❸スプーンで塊を崩して、ごはん200gを加え切るように混ぜる。

❹2～３等分しておにぎりを握れば完成！

※お好みで角切りチーズや七味を加えてもGOOD！

鶏そぼろがレンジで出来ちゃう!!
食べごたえあるおにぎりが簡単に♥

Recipe 08
「二人の関係に、おかわりを」

八月初旬。

俺と柊は、所属する文芸サークルの展示担当として作業していた。

夏休み期間中にも関わらず、こういった催しが開催されているのは、進学希望者向けのオープンキャンパスがあるためだ。

ちなみにお隣JKこと結菜が、「りーくんとミーちゃんの大学、見てみたい！」という理由で参加している。今は講堂でガイダンスを受けている最中だろう。

「とはいえ、こんな暑い中でも大学に足を運ぶほど、華やかなキャンパスライフを夢見るしている高校生が、文芸サークルに入るとはなかなか思えないよな」

キャンパス二号館の広いエントランスには、俺たちのように様々なサークルが長机とパイプ椅子を展開し、パンフレット配布などの準備をしている。

隣に座る柊は俺の言葉に「そうね」と曖昧に頷きながら、小説を読み耽《ふけ》っていた。

ちなみに俺たちは夏休み序盤のパンフレット製本に不参加だった代わりに、当日の運営をほぼ一任されてしまった。

「なあなあ、ここの大学ってNOAが通っているらしいぜ」

「マジぃ⁉　あの有名配信者の⁉」

「じゃあ私、ここの大学も進路希望に入れてもいいかも！」

ガイダンスが終わったのか、エントランスを歩く制服姿の高校生たちの会話が、耳に飛び込んでくる。

配信者、か。近頃は顔出ししている人も増えたし、芸能人のように扱われるのも不思議じゃないよな。並のアイドルよりも人気の配信者もいるとか……。

「柊は知っているか？　うちの大学の配信者」

丁度いいタイミングで読み終えたのか、柊は本を閉じて俺の方に顔を向けてくれた。

「確か一年生にそんな子が居るって噂《うわさ》を、誰か……サークルの子がしていたかしら。私は配信者が何か知らなかったから、詳しくは覚えてないけれど」

「ああ、そうか。結菜と出会ってからそういう文化があることを知ったんだよな」

「ええ。私は一人ではゲームもやらないし、テレビ番組やネット動画もほとんど見ないから」

だけどホラーゲームを結菜とやっている時の柊は、なかなか面白かったな。

結菜が自分よりプレイが上手い人に圧倒されて慌てている様子は、そう見られるものじゃない。

特に『艶姫』さんはゲームが上手いことで有名な配信者だったし。

「そういえば、結菜も最近オススメの実況者がいるって言っていたな。確か名前もそんな感じだった気が……？」

海から帰る車内で、はしゃいでいた結菜を思い出す。

柊は会話を終えて、さっさと二冊目の小説を取り出してしまっているし、俺もスマホを取り出して、結菜が送ってくれたリンクをタップしようとした。

「りーくん！　ミーちゃん、お待たせ！　お待たせしすぎたね、えへへ！」

手元のスマホで動画を再生しようとすると、エントランスから結菜が小走りで駆け寄って来る。

「お疲れ様。広い学校だし、迷子になっているかと思ったぞ」

すると結菜は、小さく舌を出して困ったように笑い返す。

「実はちょっとだけ迷ったよ！　ちょっとだけね？　このお姉さんに、ここまで案内してもらったの」

よく見れば、結菜の背後にオープンキャンパスのお手伝いをしていたらしい女子が立っていた。

真夏なのに長袖でガーリーな服装、黒マスクが若干浮いている感じだが、マスク越しでも華奢な美少女だと分かる。

「この子を案内してくれてありがとう。余計な世話をかけちゃったな」

「いえいえ。この有名人オーラは、マスク程度では隠せないと分かったのでオッケーです」

その声を聞いた瞬間、俺の脳裏に何か懐かしい景色が浮かんだ。

何だこの声音？　俺はこの女子と、どこかで会ったことがある……？

「急に声をかけられてファンの子かと思いましたが、寧ろ天使だったかもしれません。この広いキャンパスで、こうしてあなたと会えたのですから」

「えっと……？　どういうことだ？」

「分かりませんか？　これはきっと、運命なのです」

黒マスクの女子は楽しそうな声で、ゆっくりとその口元を覆うベールを剥がした。

大切な秘密を曝《さら》け出すかのように、マスクの下にあった顔は――。

「お久しぶりですね、センパイ」

「センパイって、まさか……！」

彼女の声と同時に、俺が手に持ったままだったスマホが反応する。

リンク先の動画が再生され、スピーカーからは、やや高めの女の子の甘く柔らかな声が響く。

慌ててその動画を停止しようとして、取り出したスマホの画面を思わず二度見する。

『はーい！　今日はＮＯＡちゃんが、皆さんの耳をトロトロにしちゃうスペシャルなＡＳＭＲ配信をしちゃいますよー！』

画面に映る「女の子」と、目の前の「彼女」はメイクや衣装に多少違いはあっても。

誰がどう見ても、同一人物だった。

「「ノア（ＮＯＡ）だー!?」」

その事実に気付いた俺と結菜が思わず声を上げる。

俺はかつての後輩の名を。結菜は配信者の名を。

柊は俺たちの声に驚き、開いていた二冊目の小説を慌てて閉じる。

三人のリアクションを見て、目の前の人気配信者ＮＯＡこと、俺の高校の後輩である甘城ノアは、満足そうに微笑みながら、目元にピースサインを作ってみせる。

「はい★　糖度高めのボイスであなたのお耳と脳をとろとろスイートに！　ＮＯＡちゃんこと、浅生先輩の可愛い後輩の甘城《あましろ》ノアでーす！」

ノアが自らをＮＯＡだと明かし、それに気付いたファンたちが騒ぎ始め、展示スペースが展示どころではなくなってきたので、俺たちは慌てて文芸サークルの部室に移動した。

部室には同級生の女子部員が居たが「高校生が部室見学をしたいみたいだから、展示スペースの担当を少し替わって欲しい」とお願いすると、彼女は「ジュース二本ね！」と、合法的な取引を経て了承してくれた。

「それじゃあ浅生君、柊さん。また一時間後に交代でオッケー？」

小銭を手の中で鳴らしながら、同級生の女子が尋ねてくる。

「ええ。急にごめんなさい。それと、ありがとう」

俺が返事をする前に、先んじて口を開いた柊に同級生の女子は目を丸くする。

「なんだか柊さん、最近雰囲気変わったよねぇ？　私、今の柊さん結構好きかも！　それじゃあ、留守番よろしくー！」

女子部員はそう言って、さっさと部室を出て行ってしまった。

「……ねえ、浅生君。私って、変わったのかしら？」

「俺は一緒に居ることが多いから、そこまではっきりと違いは分からないけど、あの子の言う通り、結構変わってきたのかもな」

俺の言葉に柊は不思議そうに首を傾げるけど、嫌な感じではなさそうだった。

それから結菜とノアを招いて部屋に入り、各々椅子に座る。

「NOAちゃん、さっきは騒いでごめんなさい！」

すると、結菜が誰よりも早くノアに頭を下げた。

「大丈夫。ノアは超有名人ですので、この程度の騒ぎは慣れたものです。大学内でもファンにリア凸されることもありますし。あなたもファンですか？」

「うん！　動画をよく観ているよ！　私の最近の一番の推し！　イチオシ！」

「ふふふ、いい子ですね。どんどんノアの沼にハマってください」

「もちろん！　あとね、ＮＯＡちゃんの動画、りーくんにもオススメしたの！」

「リークン？　センパイのこと、ですか？」

その瞬間、隣に座るノアはその丸く大きな目を俺に向けてくる。

「ねえ、浅生君。あなたとその女の子は知り合いなの？」

一歩引いたところで様子を見ていた柊に尋ねられ、俺は頷き返す。

「高校の後輩だよ。同じ大学に入ってたのは知らなかったけど……連絡してくれればよかったのに」

「……いいのです。どうせセンパイは、ノアのことなんて忘れていたのでしょう？　こうして女の子たちに囲まれて、もっと可愛いノアを放置プレイするとか、ぶっちゃけ激萎《げきな》えです」

「そ、そういうわけじゃ……それに、配信者になっていたんだな？　しかも有名人なんて、すごいことじゃないか！　どんな動画を撮っているんだ？」

「え？　さっきセンパイのスマホでノアの動画流れてましたよね？　センパイ、ノアの動画ちゃんと観てないのですか？　嘘ですよね？　マ？」

ノアは俺が動画を観ていないことが意外だったのか、小首を傾げながら俺を見てくる。可愛い仕草のはずなのに、異様な「圧」を感じるような……？

「わ、悪い。結菜がオススメしてくれたけど、実はまだちゃんと観てなくて。『艶姫』さんばっかり観ていて、どうしても時間が……」

結菜の目の前でこれを言うのは恥ずかしくて仕方ないが、事実だから他に言い様もない。

案の定、斜め向かいに座る結菜は悪戯っぽい笑顔を俺に向けてくるし！

「センパイ、言ったじゃないですか。『艶姫』より有名になったら、センパイがノアと付き合ってくれるって。覚えてないですか？」

「え……っ⁉」

突然言い放たれたノアの言葉に、結菜は顔を赤くしつつ目を見開き、柊は何か言いたそうな顔で俺を見ている。待ってくれ。待ってください！

「今のノアは動画を上げれば伸びまくりです。『艶姫』の登録者数も、今に抜きます。あの人は顔出ししていないのでルックスは分かりませんが、顔もノアの方が可愛いに違いありません。声を聞く限りノアの方が若いでしょうし、勝っているところだらけです。無敵です！」

「い、いや……それはどう、かなあ？」

ノアの正面に座る結菜は、言い返したいのか、制服のリボンを指差してアピールしている。

分かっている。現役女子高生のお前の方が若いぞ、結菜！　若いと勝ちという理論もよく分からんが！

「つまりノアは配信者としてもチートマシマシの、つよつよガールなのです。それに肌も白くて、

ふわふわもちもち。こんな完璧な存在を忘れちゃうなんて、センパイは私を推すのをやめたんですか？」

「そもそも推した記憶は無いけども！　それに忘れていたわけじゃ……」

「言っていたじゃないですか。センパイは胸が大きい女性が最高だと。つまりセンパイは……ノアが好き。証明終了」

「それは絶対に言っていないが⁉」

ふと、何故か正面に座る柊と目が合ってしまった。彼女は無表情で俺を見つめて、少しの間を置いてから深い溜息を吐く。やめて、そんな憐《あわ》れむような目を向けないで！

「分からないですか、センパイ」

ノアは話を区切って、それから思い出すかのように語り出す。

「センパイと離れてから二年半……センパイがノアに夢中になるように、ノアが『艶姫』に勝つために、変わったっていうことを」

椅子に手をつき、こちらに身を乗り出すようにして、ノアは俺の目をじっと見つめる。

強い意思が込められているだろうその目を、俺は直視出来なかった。

「ねえ、センパイ。ちゃんと見てください。あの頃とは違う、『ＮＯＡ』になった今の『私』は……あなたの目に、どう映っていますか？」

「り、りーくん！」

ノアの圧から逃げられずにいると、結菜が突然手を上げて大声を出す。

「ガイダンスが長くて、お腹が空いちゃったなー？　そろそろごはん食べたいかも！」

柊も、結菜の意見に同調するように話を継ぐ。

「そうね。昔話は食事をしながらでも出来るわ。交代してもらった今のうちに、お昼を済ませましょう」

話を遮られたノアは、不満げに頬を膨らませてわざとらしく俺から目を逸らした。

しかし話が中断されたことで、一旦は姿勢を戻して椅子に座り直してくれたようだ。

「あ、ああ。今日は家にあったロールパンを、ちょっとアレンジしてみた」

鞄から取り出した味気ないタッパーに入っているのは〈二種のミートロールサンド〉で、スーパーで安売りしていたミニロールに少し手を加えたものだ。味はさっぱりトマト風味とカレー風味の二種類だが、タッパーの蓋を開けるとカレーの香りがふわっと部室内に漂った。

「わぁ、いい匂い！」

結菜が嬉しそうな声を上げる。

「これなら、手を汚さずに手軽に食べられるわね」

柊も気に入ってくれたようだ。

隣のノアの表情を伺うとタッパーを見つめたまま、高校時代には見たことのなかった、複雑な表情を浮かべていた。

「ノア。良かったら一緒に食べないか？　このパン、二種類の味があってさ。偶然だけど、一つはノアが好きだった甘口のカレー味なんだ。昔はよく――」

「いいえ、結構です」

俺の言葉を遮ったノアは静かな口調で、だけど強い拒絶の意志を示した。

「昔話なんてする気はないです。そもそもみんなで楽しく食事をするなんて……時間の無駄ですから」

そう言ってノアは立ち上がって、部室から出て行こうとする。

「ノア、待て……！」

「待ちません。待った結果、センパイはノアを迎えに来てくれなかったじゃないですか。だからノアはもう、いいです」

最後にそう呟いた時、ノアの声が少しだけ震えているように聞こえたけど。

もうノアは振り返ることはなく、後ろ手で部室のドアを強く閉め、去って行ってしまった。


ドアが完全に閉まりきった後、ほんの僅かな静寂が広がったけれど。

「浅生君。あの子は何なの？」

「りーくん、付き合うってどういうこと!?『艶姫』に勝ったらって何!?」

平静を保ちながらも、強い口調で尋ねて来る柊と、机に身を乗り出し、尋問のごとく質問を連発しまくる結菜。

俺は文字通りお手上げ状態のまま、二人に答える。

「いや、正直俺も何が何だか……」

「何で私、ＮＯＡちゃんに敵視されているの!?　毎回動画もチェックしているのに悲しすぎるよ！」

混乱気味な結菜の隣で、柊は小さく溜息を吐く。

そしてその目を俺から、テーブルの上に広げたロールパンに移したかと思えば――。

「ねえ、浅生君。これ食べていいのよね？」

返事を待たず、細い指でロールパンをつまみ上げ、ゆっくりとかぶり付いた。

柊の固かった表情が、咀嚼の回数を重ねるごとに和らいでいく。

一つ食べ終えた彼女は、満足そうに頬を緩ませた。

「……おいしいわ、とても。安心する味ね」

「わ、私も食べる！」

続く結菜に倣い、俺もロールパンに手を伸ばす。

「トマトソースがパンに沁《し》み込んでいるのが、特に好きだわ」

「こっちもおいしいよ！　パンとゆで卵で甘口のカレー味がすごくまろやかになっていて、最高の味！　これは小さい子も大喜びするね！　あ、私は小さくないけど！　えへへ！」

いつものように大袈裟な表現で、心からの喜びを見せてくれる結菜に頬が緩む。

食べ進めると確かに相性バッチリだ。暑い中ゆで卵を作った苦労が報われたな。

『センパイ！　おいしいですね！　ノア、これとっても好きです！』

甘口のカレー味が、高校時代のノアとの思い出を呼び覚ます。

「……時間の無駄、か」

向かいの席で柊がおかわりに伸ばしていた手を一瞬止める。

「私、あなたの料理が好きよ。みんなでこうやって食べる時間も、時々騒がしく感じることもあるけれど、嫌いじゃない。周りに言われるほど変わったという自覚はないのだけれど……」

言葉を区切った柊は、おかわりのパンを手にしたまま、俺の目を真っすぐ見つめる。

「でも、以前の私だったらきっと想像もつかなかったことだと思う」

そうだ。ちょうど一年前の夏休みだった。

『私、食事が好きじゃないから』

この部室で、柊と交わした会話を思い出す。

「ねえ、あなたとあの子……昔はどんな関係だったの？」

＼作中に登場したお手軽レシピをご紹介！／

トマトのうまみたっぷり!2種のミートロールサンド

レシピ制作：ぼく

材料（２～３人分）

ロールパン……6個
あいびき肉……200g
にんにく……2片
塩……ひとつまみ
トマトジュース……200cc
玉ねぎ……1/2個
ウスターソース……大さじ1
コンソメキューブ……1個
醤油……大さじ1/2
砂糖……小さじ1
カレー粉……小さじ2

作り方

❶フライパンにあいびき肉とみじん切りにしたにんにく、塩を入れてしっかり火が通るまで炒める。

❷トマトジュース、みじん切りにした玉ねぎ、ウスターソース、コンソメ、醤油、砂糖を加えて水分がなくなるまで煮詰める。

❸小皿に２等分し、片方にカレー粉を混ぜる。

❹切込みを入れたロールパンにそれぞれの具材を挟めば完成！

※お好みでレタスやゆで卵を添えるとGOOD！

トマトジュースでミートソースが
簡単に!!　パスタにしても◎

Recipe 09

「甘い彼女の甘えられない事情」

「よし、これで完璧！　どこからどう見ても、本物のＪＫでぇーす★」

残暑が厳しい、八月の下旬。

エアコンの効きがイマイチな俺の部屋には、女子高生の制服を着た偽物のＪＫお姉さん（二十三歳）。

それを見て「おぉー！」と歓喜する、本物ＪＫ結菜ちゃん（十八歳）。

胸元の苦しそうなワイシャツと、短めのスカート丈。ギャルの定番アイテム・ルーズソックスの三点セットで、目のやり場に困る俺。

一体どうして、こうなったんだっけ？


それは少し前のこと。オープンキャンパスの帰り道で、俺は結菜と柊に高校時代のことを語った。

「俺の高校は全員が委員会の参加を義務付けられていて、ノアと俺はたまたま美化委員で一緒になったんだ」

スマホを取り出し、俺は写真フォルダを開きながら話を続ける。

「最初は週に一回の校内清掃が、すごく嫌そうだった。でも何故だか俺のことは慕ってくれて、委員会以外でも一緒に過ごすことが増えてさ」

俺はスマホに保存していた、高校の学食でノアと一緒に昼食を食べている写真を二人に見せた。

「わー！　制服姿の二人、すっごく可愛い！　今度私とも制服着て一緒に写真撮ってさ、同級生ごっこしようよ！　制服貸すから！」

「サイズも性別も合わないだろうが！　ん？　柊、どうかしたのか？」

はしゃぐ結菜とは対照的に、柊は写真をじっと見つめている。

「いえ……何だか、楽しそうだなって」

その言葉に少し引っ掛かりを覚えたが、俺は素直に「楽しかったと思う」と答えて、他にも数枚ほど写真を見せた。

「二人は本当に仲良しだったんだね！　でも、それならどうして同じ大学に入学したのに連絡くれなかったのかな？　部室で急に怒った理由も謎だし……」

結菜の言う通りだ。そもそも、卒業後はノアからの連絡も滅多に無くなり、最後に連絡があったのは、ノアが受験の相談をしてきた去年の夏休みだったはず。

「部室で何かあったかなぁ……？　あー！　もしかして、私とミーちゃんがりーくんとイチャイチャしていたから？」

「え？　そんなのが怒る理由になるか？　というかイチャイチャはしてないだろ？」

首を傾げる俺に、結菜は何故か苦笑いを浮かべるだけだった。

「どちらにせよ、誤解はありそうね」

そう呟いた柊は、何かを思考しているようだった。

「誤解があるなら解きたいけど、話をする前に出ていかれたからな……」

「うーん……よし！　こうなったら、禁じ手を使おう！」

結菜はポケットからスマホを取り出す。

「同じ配信者の艶姫となら、お話してくれるはず！」

結菜のスマホの裏に貼られたおこメェのステッカーが、きらりと光っていた。


「あー、いいよ！　すごくいいよ、きょーちゃん！　目線くださーい！」

カメラマンになりきった結菜は、スマホで際どい煽りのアングルから響香さんを撮影しまくる。

響香さんも楽しそうに少し古いポーズをとっていて……え？　何これ？

「なあ、本当にこれで大丈夫なのか……？」

「大丈夫だよ、理人。結菜ちゃんから指導は受けているし、ウチが艶姫になりきって、ノアちゃんと仲良しになってあげる！」

結菜が提案したのは、艶姫へ強い執着を見せているノアを、「艶姫と直接会える」と呼び出し、一緒にゲームをして仲良くなったところで、しっかり話をする。

という作戦だった。結菜が前回正体を隠してしまったことと、艶姫は顔出しをせずに大人っぽいキャラを演じているため、声質の近い響香さんを艶姫に仕立て上げることになったのだが。

「一夜漬けの演技指導でボロが出ないか心配ですよ……」

「ふふふ。お姉さん、こう見えても演技は得意だぞー？　例えばそんなに酔っていないのに、酔ったフリをしちゃうとか、超得意！」

「制服姿でお酒の話をしている時点で、超不安なんですけど？」

「あ。理人の前だとやっぱ油断しちゃうねー。あはは！」

「しっかりしてくださいよ……もう」

俺たちがくだらない掛け合いをしていると、少し遅れて、柊がやってきた。

「お邪魔するわ、浅生君。二人は……うわ、直接見ると結構無理があるわね」

柊は響香さんを見て、普通にドン引きしていた。

「む、無理ないもん！　ウチ、まだまだ気分は十代だし！　いけるし！」

「その台詞を言う時点で、自覚があるのよ。響香」

溜息と共に辛辣な意見（本人はそう思ってすらいないだろうが）をぶつけられつつも、響香さんは何だか楽しそうだ。この二人もすっかり仲良しだよな。

「来てくれてありがとう、柊」

「いいわよ、別に。響香が何かミスをしたら、私もフォローができるかもしれないし。ノアさんの誤解、解けたらいいわね」

柊がややぶっきらぼうに言い放つ。

すると、そのタイミングで結菜のスマホが通知音を響かせた。

「ノアちゃん、着いたみたいだよ……！」

さて、この作戦が吉と出るか凶と出るか。

俺は玄関に向かい、ドアを開けた。

「こんにちは、センパイ」

アパートの廊下に立っているノアは、今日も装飾の多いセットアップを着ていた。

長袖が暑いのか、額に浮き出た玉のような汗をハンカチで拭っている。

「暑い中、よく来てくれたな。まずは麦茶でも……」

「結構です。家を出る時に、ハーブティーを飲んできましたから。さて、艶姫はどこですか？」

ノアは俺の言葉を遮り、案内を待たずに室内へ上がり込み、結菜と柊、そしてその奥に居る、制服を着た自称女子高生を睨みつける。

「はじめまして、ノアさん。私が艶姫です」

見事に『艶姫』に寄せた口調と声音を作って挨拶をする響香さんに、ノアは。

「まさか艶姫が女子高生で、ファンに手を出す出会い厨だったとは驚きです……」

「それは誤解です。私は結菜ちゃんとリア友なの。同じ学校に通っていて、結菜ちゃんのお友達の理人さんが、私のことで仲が拗《こじ》れちゃったって聞いて、お節介を……」

「本当にお節介ですね。でもまあ、いつかはリアルで会いたいと思っていましたし、あなたと勝負する機会が出来て、しかもセンパイの前だなんて好都合です」

ノアはハンドバッグの中から撮影用の高価なスマホと、派手なペイントが施されたコンローラーを取り出し、響香さんに見せつけるようにして宣言した。

「DMでお話をした通り、ゲームでコラボをしながら勝負をしましょう。私があなたより強いっていうことを……この場で、証明します。フルボッコにしてあげましょう」

艶姫へ明らかな敵意を燃やすノアに、響香さんは不敵な笑みを返す。

俺はその背後で結菜と柊に、小声で確認をする。

「勝負を持ちかけたらノアは絶対来るっていうのは予想通りだったけど、ノア……余計に意固地になってないか？」

「大丈夫だよ、りーくん！　みんなでゲームをやったら絶対楽しいよ！　きっと素が出ちゃったりして、仲良くなるはず！」

「声は騙《だま》せたみたいだけど、響香さんのゲームの腕前でバレないか？」

「きょーちゃんはパズルなら上手だし、二人で練習もしたから大丈夫！」

「……不安なのは、響香がボロを出さないでいられるか、ね。響香ってテンション上がったら、感情が顔に出るタイプだと思うし……多分ね」

結菜と柊は異なる意見を口にしつつも、それでも響香さんを信頼しているようだ。

「ノアちゃん。予定通りに、私が得意なパズルゲームでいい？」

「何でもいいですよ。私が勝ちますから」

そして、ゲーム対決が始まった。

響香さん曰《いわ》く「人生で唯一やったのがパズルゲーム」とのことだが、その腕前はというと……？

「ここまで強いなんて……嘘でしょ!?」

そう弱音を吐いたのは、制服を着た響香さん——ではなく、ゲーム配信を得意としているはずの、ノアの方だった。

「ここで相手の発火を潰して、すかさず私が積みます。連鎖を伸ばして火力を増やして、九、十、十一連鎖！　ノアちゃんは返しが間に合わないので私の勝ちぃ！」

響香さんはゲーム用語を使い、実況までしてしまうほどの余裕を見せていた。

ノアは明らかに不機嫌な様子で、子供のように唇を尖らせる。確かに素は出てるな？

「こ、こんなはずじゃ……う、嘘だぁ」

コントローラーを置いて唸《うな》るノア。

一方響香さんは、「パズルゲーは家で弟妹たちとやっていたのだ！　んふふ」と大はしゃぎだ。

ふと結菜を見ると、苦笑いを浮かべていた。

「りーくん。実は私、パズルゲーム得意じゃないって知ってた？」

「もちろん。前に一度だけ配信でやった時、下手すぎて『ギャップ萌え』って言われて逆に盛り上がっていたよな」

「私その時、末っ子だって話もした気が……」

「そ、それはコアなファンしか知らない情報だから大丈夫なはずだ」

二人でひそひそと話していると、ノアが膝を叩いて気合いを入れ直す。

「まだ最初のステージです！　次のステージは謎解き要素も増えますし、次は勝ちます！」

マズいな。いくら特訓したとはいえ、パズルに加えて謎解きは、初心者には難しい。

「私の出番ね、浅生君」

俺の隣に座る柊が、マイク付きイヤホンを手の中に潜ませながら呟く。

「本当に大丈夫か？　柊もホラー以外のゲームやったことないだろ？」

「任せて。謎解きならミステリ小説で学んだし、大得意よ」

響香さんもこっそりイヤホンを髪で隠しながら装着し、準備を始める。

実質、二対一だな。果たしてノアはどこまで食らいつけるだろうか……？

次のステージは最初こそ響香さんが優位に進めていたが、次第に粗が目立ち始めた。

操作に不慣れなせいか、柊の指示に響香さんの指が追い付いてない……！

一方でゲームそのものが上手なノアは戦いの中で成長をしていき、その劣勢を覆し始め、そして——。

「あ、ああっ！　ま、負けちゃった……！」

響香さんは遂に逆転され、このステージでは敗北してしまう。

善戦したものの、やはり厳しいか。隣に座る柊は、「ぐぬぬ」と悔しそうな声を漏らしながら拳を握りしめている。少し怖い。

「やった……勝った！　勝ちましたよ！　センパイ！」

ノアは俺の方に向き直って、満面の笑みを浮かべてコントローラーを上下に振り回す。

その懐かしい笑顔に、少し心臓が高鳴ってしまう。

「見ました？　ノアが最後に切り札を使って逆転する姿！　興奮しました？　しちゃいましたよね！　センパイの前で勝てて良かった……てへへ。嬉しいです」

俺に感想を求めた後、視線が合ったノアは一瞬で我に返ったらしい。

小さく咳《せき》ばらいをして、赤くなった顔を逸らす。

「い、今のは動画用のリアクションの練習ですから。別にセンパイに褒められたかったとか、そういうのではないので？　勘違いしないでくださいね！」

超王道ツンデレキャラみたいな台詞《せりふ》を口にして、ノアはそっぽを向くように画面に向き直る。

確かにゲームを通して、次第に俺の知っているノアに近くなっている。

結菜も柊もそれを感じているようで、目を合わせて小さく頷き合う。

「艶姫。次のステージで勝敗が決まりますよ。最後はガチのアクションです……！　さあ、決着をつけましょう！」

「いいよ！　ウチも絶対負けないから！」

そして響香さんが手元のコントローラーを握り、画面に向き直ると――。

「……やっぱり、そうでしたか」

ノアが響香さんのコントローラーを睨みながら、言葉を遮った。

「艶姫はゲームをやる時、特にアクション系では絶対に、専用のコントローラーを使います。市販品ではなく、おこメェがプリントされた特注品を」

そうだった……！　艶姫は実況の時に愛用しているコントローラーがある。

ノアは、それを知っていた。そして、見抜いてしまった。

沈黙の中。ノアの手つかずのままだった麦茶の氷が溶け、カランと音を鳴らす。

「……おかしいとは思いました。ＤＭは本人からでしたが、不自然なことが多すぎます。艶姫はパズルゲーが苦手だし、弟妹がいるのも初耳ですし、声質はともかく、時々喋り方が違います」

結菜と響香さんは明らかに動揺を顔に滲ませ、助けを求めるように俺を見つめる。

「あと、なんか制服の着方が絶対十代じゃないです。三十手前の感じでは？」

「ち、違うし！　ウチはまだ二十代前半だし！」

「え？」

「あ」

売り言葉に買い言葉。響香さんが出してしまったボロに、ノアは俺に鋭い目線を向ける。

「やっぱり……嘘、なんですね！　女の子をたくさん家に入れて、ノアを騙して、センパイはノアを一体どうしたいんですか!?　センパイに二度も裏切られて、ノアは本当に……、くっ」

怒りを爆発させたノアが立ち上がった瞬間。

突然、ノアは口元を手で覆いながら姿勢を崩した。

「ノア!?」

「ノアちゃん!?」

予期せぬ出来事に、俺たちはぐったりとうずくまったノアに近寄る。

顔が異常に赤い。呼吸もやや乱れ気味で、服の下に大量の汗をかいていた。

「熱中症になりかけているかも。服を緩めないと。理人、少しあっち行って」

苦しげなノアに手を差し出す俺の前に入り込み、響香さんは服を緩ませ始める。

今日は猛暑日だ。炎天下に、長袖の締め付けが強い服で部屋まで来たせいか……。

エアコンの効きが悪い古いアパートを恨めしく思いながら、ノアから背を向けて慌ててキッチンの方へ向かう。

「結菜ちゃん。エアコンの温度を下げてくれる？　水咲ちゃんは冷えたペットボトルを脇に挟んであげて」

あとは、水分補給が必要だ。何かノアが口にしてくれそうなものはないだろうか？

先ほどまでのノアは、麦茶や菓子を勧めても頑《かたく》なに飲食してくれなかったけれど……。


思考する。水分補給が出来て体温を下げる何かを。

冷凍庫から冷凍フルーツのセットを取り出す。保存袋で揉み込んだフルーツに、牛乳と朝食用のヨーグルトを入れた。

コップに移すと、甘く華やかな香りが漂う。

しばらくすると、部屋からノアの声が聞こえてきた。

「ノア、落ち着いたか？」

俺は注意しながらも、キッチンからコップを手に移動する。

柊から渡してもらった水は、半分も減っていないようだった。

「甘いものなら、飲めそうか？」

ノアは俺の持つグラスを見て目を見開くが、一瞬の後に目を逸らす。

「ノアちゃん！」

「もうっ！　何か飲まないとダメだってば！」

結菜と響香さんも心配そうに声をかけるが、ノアは何も答えない。

戸惑う俺たちの中で、唯一動いたのは――。

「ねえ、そういうの、通じないみたいよ」

俺の手からコップを抜き取った、柊だった。

「……どういうことですか？」

ノアはようやく口を開き、柊を見つめる。

「あなたの気持ち、誰も理解していないみたいよ」

「なっ……何ですか、急に。あなたには関係ないじゃないですか！」

「関係あるわよ。友達の浅生君が、あなたと仲直りしたいようだから、私に出来ることはしてあげたいの。浅生君にだけじゃない。私に良く似て、とても意固地な女の子のあなたにも」

柊はそう言って、冷えたコップをノアの口元に伸ばす。

「ノアのために、作ったんだ。頼む、飲んでくれないか？」

ノアはしばらくじっとラッシーを見つめていたが、堰《せき》を切ったように勢いよく飲みだした。

ごくごくと、喉を鳴らしておいしそうに飲み続けるそのあどけない姿は、昔のノアそのものだった。

俺たち四人はその仕草に、顔を見合わせて安堵する。

「おいしい……すごく、おいしいです。こんなのをノアに……センパイが作ってくれるなんて、どうして」

震えた声のまま、ノアは続ける。

「何でセンパイは……偽物の艶姫を用意してまで呼び出したり、二年半もノアのことを放置プレイしたり、逆に優しくしたりするんですか？」

「ノア、それは」

「嫌いです。ノアを弄《もてあそ》ぶセンパイなんて大嫌い！　艶姫も嫌いです！　みんなでノアをバカにして……こんなの、最低ですっ！」

泣きだすノアに俺は戸惑い、言葉を返せずにいた。

そんな俺たちの間に、一人の女の子が割って入ってくる。

「ノアちゃん。部室でお話した時も逃げちゃったよね？　りーくんはお話したかったけど、ノアちゃんが拒絶したから」

「……ノアが悪いって、言いたいのですか？　あなたはセンパイの何ですか？　艶姫の友達なんて、それも嘘なんでしょう？　みんな、嘘ばっかり……！」

「うん。りーくんのお隣さんだよ。それは嘘じゃない。今回はね、私たちみんなで、りーくんとノアちゃんに仲直りしてほしいって考えただけで、バカにするつもりなんてなかったけど……嫌な気持ちにさせちゃったら、ごめんなさい！」

深く頭を下げる結菜に、ノアは面食らった様子だったが、その謝罪には何も反応を示さない。

「でもね、一つだけ本当の嘘があるの」

そう言って、結菜はトートバッグからあるものを取り出す。

ピンクのコントローラー。中央におこメェのプリントがある、特注品。

それを見たノアは目を見開き、結菜とそれを交互に見比べる。

「ノアちゃん、騙してごめんね。私が本当の『艶姫』なんだ」

結菜の告白を受けて、弱っていたノアの顔に衝撃が浮かぶ。

そして『艶姫』さんは、宣言するのだった。

「私と勝負しよう？　もし私が負けたら、ノアちゃんは艶姫より格上だってことをりーくんに証明出来るよ。でも、私が勝ったら、一つ、お願い聞いてくれる？」

\ 作中に登場したお手軽レシピをご紹介！ /

果肉ごろっごろ!マンゴーラッシー

レシピ制作：ぼく

材料（1人前）

冷凍マンゴー……60g

ヨーグルト……100g

牛乳……100cc

砂糖……大さじ1と1/2

レモン汁……小さじ1

ミント……適量

作り方

❶保存袋に、冷凍マンゴーを入れて揉みつぶす。

❷ヨーグルト、牛乳、砂糖、レモン汁を加えて握る。

❸グラスに移し、氷とミントを乗せれば完成！

※お好みでマンゴーをメロンやブルーベリーなど他のフルーツにしても GOOD！

ミキサーがなくても
フルーツジュースが出来ちゃう♥

『ハピてる』マスコットキャラクター
おこメェの秘密♡その❸

艶姫ファンの人は、
おこメェグッズを集め
がち。主人公・理人も、
タブレットの裏にシー
ルを貼ってるよ！

Recipe 10

「キミをもてなす、スペシャリテ」

トマトジュース
TOMATO JUICE
トマト100%

「私が勝ったら、一つお願いを聞いてくれる？」

「……あなたが艶姫、だったのですね」

偽艶姫の正体こと、響香さんを看破し、感情を爆発させた後に涙を流したノア。

しかしその目には既に、新たな闘志が宿り、燃えていた。

目の前に現れた【本物の艶姫】である、桜木結菜を前にして。

「思ったより幼いし、声も可愛い……じゃなくて、配信の時と違う感じなので、全く分からなかったです」

「てへへ。配信の時はお姉さんっぽくしているからね。女子高生っていうだけで観てくれる人はいるかもだけど、私はゲームの楽しさをみんなに届けたかったから！」

「浅い考えですね。配信者であるなら、数字を得るために何でもするべきです」

「えー？　ノアちゃんはセクシーなサムネで視聴者を釣るのとか容認している人？」

「え、エッチなのはいけません！　社会からも配信サイトからもＢＡＮされますから！　いや、それより……話を戻しましょう、艶姫」

和やかな雰囲気にはさせまいと、ノアの目つきと声音が鋭くなる。

「お願いって、何ですか？　言ってみてくださいよ」

「ゲームで負けたら、私の質問に答えて。嘘もはぐらかすのも全部ダメ。聞かれたこともちゃんと答える」

「……いいですよ。あなたたちには聞きたいことが山ほどありますし、ノアが勝った場合はそっちも質問に答えてください。ノアは何も答えずに終わらせます」

圧倒的な自信。ノアは本物の艶姫を前にしても、怯《ひる》むどころか挑発的な面持ちだ。

だけど負ける気がないのは、ノアだけじゃない。

「そっかぁー。私も何も教えないまま、ノアちゃんから全部聞き出しちゃおうかな？」

「こ、この……！　の、ノアをバカにしてぇ！　住所も配信収益もスリーサイズも何もかも！センパイの前で曝け出してやるっ！」

住所は知っているけどな。お隣なので。

勝負が始まる前に、柊と響香さんが声を潜めながら俺に尋ねる。

「ねえ、何だか結菜ちゃん……いつもと雰囲気が違うわよね。怒っているの？」

「ウチらと喋っている時より、ちょっと小悪魔っぽいっていうか、生意気な小学生男子感があるっていうか」

ああ、そうか。二人は結菜のことは知っていても、艶姫さんの配信をずっと追っているわけじゃないからか。

「大丈夫。今の結菜は、いつもの結菜よりも――」

他の誰よりもゲームが上手くて、すごく格好いい女の子になっているだけだから。

そして艶姫とＮＯＡこと、結菜とノアのゲーム対決が始まった。

この作品は結菜が得意とするアクションだが、ノアも自信満々なところをみると相当な腕前なのだろう。

　序盤の展開は互角……ではなく。

「あれれー？　艶姫さーん？　思ったより、強くないですねぇ？」

「わー！　ノアちゃん、結構このゲーム上手だね！　ゲーム実況とか向いているかも！」

「はぁー!?　何ですかその安い挑発！　ノアはこのゲームの実況動画で鬼バズりしましたが!?」

艶姫こそ雑魚狩りして、エンジョイ勢を喜ばせているだけでしょう！」

「その雑魚狩りが得意な艶姫に負けちゃうかもよ？　あはは」

「……ぜ、絶対に潰すぅ！」

　最初はノアが少し優勢だった。

　艶姫対策を万全にしてきたからか、相手の行動を見極めて攻めを通すことが出来ていた。

　どうやらノアは艶姫のことになると、煽《あお》り耐性が消え失せるらしい。

　当然それは、プレイにも影響を及ぼす。

「あ、あれ？　ど、どうしてノアが押されているの……？」

　いつしか結菜は無言になり、完全に集中してコントローラーを操作する。

　艶姫さんは一度崩れた相手を徹底的に追い込み、確実に勝利するプレイヤーだ。

　ノアもよく粘ったと思うが、これまでか？

「嫌、です」

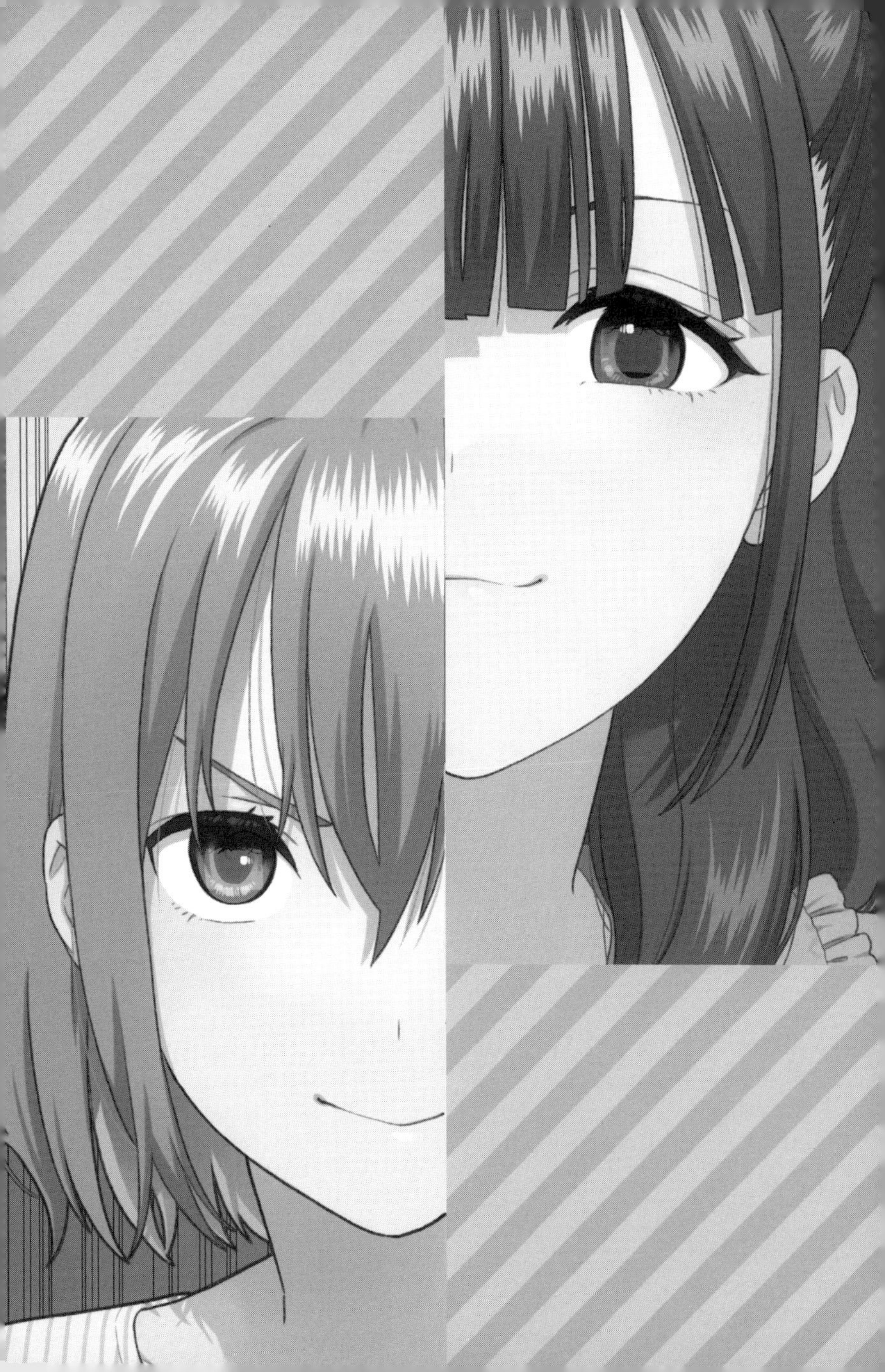

小さく呟き、ノアは大きく息を吸い込む。

「ノアは……私は、あなたに勝つためだけに、全てを捧げたの！　だから！　絶対に負けたくない！」

叫ぶと、ノアは先ほどまでとは別人のような操作で、結菜に食らいつく。

一進一退。止《や》まぬ攻防。どちらも譲らない死闘を経て、しかし終わりはやってくる。

「引き分け、か……！」

俺の言葉に柊と響香さんは驚き、結菜は小さく息を吐いて、コントローラーを床に置く。

そして、ノアは。

「まだ勝てないの……？　三年間ずっと、艶姫を超えるためだけに頑張った、のに」

一瞬、目尻に涙が浮かんでいるのが見えたけれど。

それが零《こぼ》れる前に、ノアは膝を抱えてうずくまってしまう。

「でも、勝負は引き分けだね……じゃあ、お互いに気になることを質問し合おう！」

結菜はそう言って俺の背後に回り、背中を押してノアの前に座らせようとする。

「お、おい、結菜！　って、柊と響香さんまで」

背中を押したのは、結菜だけじゃない。

柊と響香さんも、俺の背中に手を乗せる。

「浅生君。あの子をちゃんと見てあげて」

「そうだよ、理人。キミの大切な後輩と、いっぱいお話しなきゃ」

三人に背中を押され、俺は高校卒業以来久しぶりに……ノアとしっかり、向き合う。

「私から先に質問するね。ノアちゃんはオープンキャンパスの時、どうして急に部室を出ていっちゃったの？　それに、同じ大学に入学したのにりーくんにずっと連絡しなかったことと、艶姫にすごく対抗意識を持っている理由も知りたいな」

ノアは姿勢を変えない。

しかし勝負の結果を受けいれたのか、覚悟をしたように目をギュッとつぶり、呟く。

「……特別になれば、見てもらえるからです」

ノアの答えは結菜の質問とずれているように感じた。

しばしの沈黙の後、ノアは再び口を開く。

「ノアはこの可愛さとコミュ力で、高校では友達が多かったです。でも……」

無関係に聞こえるような過去を切り口にして、ノアは続ける。

「リア充生活は、本当はいつもどこか退屈で。そんな時に、美化委員に入ってある人と出会って」

「それがりーくん、かな？」

少しだけその過去を知る結菜が尋ねると、ノアは首肯する。

「センパイはノアの指導係になってくれました。どんな友達とも違って、センパイはちゃんとノアを見てくれて……気付いたら」

いつの間にか、学校が楽しくなって。

いつの間にか、同い年の男子が幼く見えて。

いつの間にか、校内でいつもセンパイの姿を探していて。

「……ノアは毎日、センパイのことばかりでした。でもある日の放課後、センパイの教室に行ったらセンパイが艶姫のゲーム実況動画を見ていて」

「え？　そ、そんな昔からりーくんは私の実況を観ていたの？」

「二つも年上の先輩が、無邪気な笑顔を浮かべていて……しかもノアには見せたことのないようなとびきりの笑顔を……ノア以外の人に。だからノアは」

変わる努力をした。変わって、艶姫を超えてみせると。

「お小遣いは配信機材で全部なくなったし、配信者の動画を観まくって、ノアの演技力もフル活用して疲れたし……でも、全てを注ぐのは苦じゃなくて」

ノアは思い出すように、ゆっくりと話を続ける。

「ある日、ノアはセンパイに聞いたんです」

「ねえ、センパイ。ノアが艶姫みたいになったらどうです？」

「ノアが？　そうだな。その時は艶姫さんと同じくらい、ノアを推すよ！」

「むぅ……同じくらい、ですか？　じゃあノアが！　艶姫さんに勝ったら!?」

「か、勝ったら？　何の勝負だよ……まあ、艶姫さんに勝ったら、ノアが一番になるかもしれないな」

「センパイは、覚えていなかったようですけどね」

呆れたように、あるいは悲しそうに呟くノア。

「あの日部室で言っていた、『艶姫より有名になったら付き合う』っていう発言は、そういうことだったのね」

柊が静かに、穏やかな口調で言葉を挟む。

俺にとっては記憶にもないくらい、何気ない会話でも。

誤解が生んだ些細《ささい》なすれ違いは、ノアにとって絶望的なズレだったのかもしれない。

「ノア。別に艶姫さんに勝たなくても、ノアの努力は唯一無二だ」

「でも、艶姫に勝てないノアはセンパイにとって何の価値も――」

「あるよ。俺にとってノアは……たった一人の、特別で、大切な後輩だ」

「センパイにとってノアは、〈特別〉……なんですか？　勝てなかった、私でも……？」

嬉しいです。すっごく、嬉しい。

そう言って、ノアは子供のように泣きじゃくる。艶姫に勝てない自分に、価値はない。

そう思い込んでいた俺の大切な後輩の顔は、笑みと涙でぐちゃぐちゃだったけど。

俺はその顔を見て何故だか、かつて高校で一緒に過ごしたあの日の面影が浮かんだ。


ぐぐぅ～。

流れ切った涙の後に漏れてきたのは、とても大きなお腹の音だった。

「あ、ちょっ……ぁ！　ち、ちが！　これはノアの出した音じゃなくて、ですね⁉　そもそもノアに食欲なんて、あるわけが」

全身を真っ赤にして恥ずかしがるノアに、柊が小さく溜息をついてから声をかけた。

「ねえ、ノアさん。あなたはさっき、食事は楽しくないって言っていたし、部室でもランチを拒んだけれど、高校の頃は浅生君と一緒に学食で食事をしていたのよね？」

「え、えっと……それはそう、ですけど。でも、食事なんて時間の無駄です。楽しくも無いし、エゴサでもしていた方が有意義です」

「私も少し前まで、自分には食への欲求が無かったと思っていたけど、今はそうでもないわ。おいしいと感じることもあれば、時々楽しいと思えることもあるし、それはきっと……」

「誰かと食べるから、だよね！」

柊の言葉を継いだのは、響香さんだ。

「ウチね、実家では両親と弟妹と一緒で食卓がいつも騒がしかったけど、一人暮らしでの食事はあんまり楽しくなかったんだよね。バイトで貰った弁当とかばっかりだったしさ。でもね、理人のおかげで楽しい食事を思い出せたの！　ねえノアちゃん、提案なんだけど……」

響香さんは柊と結菜を抱き寄せて、二人の耳元で何かを囁く。

それを聞いた二人は楽しそうに笑い、そして三人で声を合わせた。

「私たち『四人』で、料理を作って、みんなで一緒に食べようよ！」

「りょ、料理ですか？　ノアは作るのも食事をするのも本当に好きじゃなくて……あっ！」

結菜は戸惑うノアの手を引いて、柊と響香さんと共にキッチンへと向かう。

「大丈夫！　私たちも卵焼きを焦がすし、おにぎりもデコボコにしちゃうくらいの実力だから！　でもみんなで何かを一緒にやるって、すっごく楽しいよ！　りーくん、キッチンと食材借りるねー！」

「ああ、好きに使ってくれ。〈みんな〉の手料理、楽しみにしているからな」

俺の顔を見て、ノアの顔が困惑から微笑みへと変わる。

「もうっ！　どうなっても知らないですからね！」

半ばヤケクソっぽいノアだったけど。

結菜曰く「また一品勉強したから、試させて！」とのことだった。

「ええっと、最初は耐熱タッパーに一口サイズの鶏肉とヨーグルトを適量入れる、だって！　きょーちゃん、お願いします！」

スマホを見ながらレシピを伝える結菜。

任された響香さんは冷蔵庫からそれらを取り出し、鶏肉をカットしようとする。

「任せて！　ちなみに家庭科の授業で指を切った経験あります！」

「ひぃ！　その怖いエピソードは内緒にしていてほしかったよぉ……ミーちゃんは、トマトジュースとにんにく、生姜のチューブを適量タッパーに入れてね！」

「結菜ちゃん、すっかり司令塔ね。チューブを適量って、チューブごと中に入れるの？」

「ちゅ、チューブごとじゃなくて中身を絞って入れて！　発想がホラー！　ノアちゃんは私と一緒に玉ねぎみじん切り！」

遂にバトンを渡されたノアは、戸惑いつつも包丁を手に取る。

「ノアに包丁を持たせていいのですか？」

「うん！　服装も相まって超似合っているよ！」

「何ですかその感想は！　まあいいです……みじん切りって、とにかく小さく切るやつですよね？」

結菜が手渡した玉ねぎを、ノアがゆっくりと包丁で刻んでいく。

「めっちゃ目に染みるんですけどぉ！　な、涙と鼻水が止まらない……ううぅ」

「うんうん！　流した涙もきっと、大切な隠し味になるよね！　料理に入ったら二つの意味でマズいでしょう!?　ティッシュ取ってくれます!?」

さっきまでゲームで争っていた二人が、今は絶妙に成り立っている共同作業を見せる。

作業は事故もなく、タッパーをレンジで五分ほど加熱する工程にまで進み、手持ち無沙汰になった結菜たちは……。

「暇だからタイマーが十秒進むごとに、りーくんの好きなところをみんなで言い合おう！」

「「へぇっ⁉」」

その言葉に動揺を見せたのは、何故か俺とノアだけで。

「最初は私ね！　格好良く料理している姿！　はい、ミーちゃん！」

「そうね……ちゃんと人を見てくれて、向き合ってくれるところ。響香は？」

「ウチぃ？　言うまでもなく、お世話してくれるところ！　ウチが酔った時もお水を優しく飲ませてくれてさぁ！　でへへ」

何この羞恥プレイ？　さっきから俺の顔、激辛料理を食べた時くらい熱いんだが？

そして順番的に、次に言わされるのは――。

「ノアちゃんは？　理人の好きなところ！」

響香さんに尋ねられて、ノアは。

「え、えっと……え、笑顔です。それに、年下のノアに構ってくれる包容力。そしてノアのことをいつも」

「はい、十秒経過で強制終了ね」

まだ何か言いたげだったノアだが、終了させられてしまった。良かった。これ以上続いたら、死ぬところだった。俺が。

「じゃあ二周目ね！　私にごはんを食べさせてくれるところー！　甘やかし上手！」

あ、続いちゃった。電子レンジぃー！　早く加熱を終えてくれぇー！


少し狭いけど、四人でテーブルと湯気の上がるカレーを囲む。

「いただきます！　んー！　甘口がまろやかでおいしい～～！」

「生クリームのおかげで、煮込んだコクのあるバターチキンカレーっぽくて、おいしいわ」

「ウチは激辛大好きだけど、甘いのもいいね！　特にこの鶏肉！　カットの大きさが丁度よくて素晴らしい！　シェフを呼んで！　あ、ウチだった。あはは！」

結菜、柊、響香さんが感想を述べて楽しく食事をしている一方で。

ノアはカレーを見つめて、それから俺の顔を窺う。

「うん……！　すごくおいしい。鍋で作るカレーよりお手軽だけど味もしっかりしていて、多分……四人が作ってくれたからだな。ありがとう」

俺の言葉を受けて、ノアは目を丸くする。そしてそれをきっかけに、ようやく彼女はスプーンでカレーを掬い、ゆっくりと口に運ぶ。

「……これ、って」

咀嚼をして、また一口。そしてまた一口と、食べるペースが早まって。

ノアは夢中になって、カレーを食べ続ける。

「ノア、おいしいか？」

「……同じ、なんです。あの頃、高校の学食でセンパイと食べた味と、同じ。学食のカレーとは、全然違う味のはずなのに。でも」

同じくらいおいしく感じるのが、不思議なんです。

言い終えて、ノアはそれから一気にカレーを平らげた。

「部室でのセンパイの手作りのパンも……きっと、おいしかったのかな」

カレーと相性抜群のラッシーで喉を潤して、みんなで一息つく。

「『おいしいね』って言い合うと、さらにおいしくなるよね！」

「ええ。嬉しそうに食べる顔って、見ているだけでこっちまで嬉しくなるわね」

「自分が作ったもので喜んでもらえるのって、サイコーだよね！」

三人の言葉を受けて、ノアも小さく声を漏らす。

「誰かと一緒の食事が、こんなに違うなんて……知りませんでした」

俺と離れていた二年間。心を許せる人が居なかったノアには、誰かと過ごす時間の尊さと喜びが見出せなかったのかもしれない。

ノアの顔が、徐々に赤みを帯びていく。

「いろいろと、みなさんに迷惑をかけてしまいました。だから、謝らせてください。結菜ちゃん、柊さん、響香さん。ごめんなさい」

突然の謝罪に三人は「騙した私たちも悪いから！」と慌てふためくが、それでもノアは深々と頭を下げ続ける。

「センパイも。ノアの勝手な思い込みで、振り回してしまって……」

「いいよ。俺だって、もっとノアを気遣うべきだった」

「ふふふ。やっぱりセンパイは……すごく優しい。では最後に、艶姫との勝負で得た質問する権利を使わせてください」

気付けば耳まで真っ赤にして、握った拳を正座した膝の上で震わせながら。

甘城ノアは、俺に尋ねた。

「これからもノアは、センパイと一緒に過ごしたいです。他の誰でもない、センパイともう一度……一緒に！　だめ、ですか……？」

そんなノアの言葉にいち早く反応したのは、俺ではなく。

「わ、私も！　私だって、りーくんと一緒に居たいし、色んなことがしたいよ！」

「忘れないでね、浅生君。あなたを必要としていて……あなたじゃないと、ダメな人が居ることを」

「ウチも理人と飲むお酒が無いと辛くて生きていけないもん！　だから理人、ウチを見捨てないでぇ！」

何故だか他の三人が一緒になって、そんなことを言ってくるけれど。

俺は大切な四人に、ちゃんと答えを返そう。

「もちろん！　これからはノアも俺たちと一緒に、五人でごはんを食べよう！　遊びに行くのもいいしな！　この前は海に行ってさ……ん？　あ、あれ？」

真剣に返事をしたのに、全員不満げなのはどうしてだ？

結菜は呆れた笑いを、柊は露骨に深いため息をつき、響香さんは「あちゃー」と頭を抱えている。

だけどノアだけは、嫌な顔をせずに頷き返してくれて、そして。

「これからもよろしくお願いしますね！　センパイ！　他のみなさんには絶対、絶対、ぜーったいに負ける気はないですから！」

艶姫さんを巻き込んだ俺とノアの長い確執は終わりを告げ、また新しい俺たちの日常が始まるのだった。

＼作中に登場したお手軽レシピをご紹介！／

電子レンジで本格的!バターチキンカレー

レシピ制作：ぼく

材料（1～2人前）

鶏肉……100g
無糖ヨーグルト……60g
玉ねぎ……1/3
トマトジュース……150cc
にんにくチューブ……小さじ1
生姜チューブ……小さじ1
カレールー（甘口）……30g
バター……10g
生クリーム……適量

ごはん……200g

作り方

❶一口サイズにカットした鶏肉と無糖ヨーグルトをタッパー容器に入れて混ぜる。

❷みじん切りにした玉ねぎ、トマトジュース、にんにくチューブ、生姜チューブを入れて混ぜ、蓋を上に乗せて電子レンジ500Wで5分温める。

❸温かいうちに、カレールー、バターを溶かし混ぜ、ふたたび蓋を乗せて電子レンジでさらに3分温める。

❹ごはんをお皿によそい、盛り付け、生クリームを垂らせば完成！

※お好みでルーを辛口など好みの辛さで調整してね！

トマトのうま味とバターのコクが
レンジとは思えないほど本格的!!

単行本書き下ろしエピソード

「違っているみんなと、いっしょの時間」

ある日のこと。

私はお隣DDこと、アパートの隣部屋に住む男子大学生のりーくんのお部屋を訪ねていた。

「りーぃーくーん！　あーそびまーしょ！」

今日は発売されたばかりの新作ゲーム、『スプライトゥーン3』を一緒にプレイしようと思って、朝から何度もメッセージを送っているんだけど、返信がない。

「チャイムを連打しながらドアを叩くコンボ攻撃を決めているのに、一切応答がないなぁ……いつもなら寝ていても、これで起きてくれるのに」

玄関ドアに耳をくっつけて中の様子を窺ってみるけど、人の気配がない。

うぅーん？　もしかしてお出かけ中、とか？

「あら、空き巣……じゃなかったわ。結菜ちゃんね。どうかしたの？」

「うひゃぁ!?」

背後から突然声をかけられて、心臓が止まりそうになる。

そこに立っていたのは……。

「ミーちゃんだ！　もしかしてミーちゃんも、りーくんと遊ぶ予定だったの？」

柊水咲ちゃん。本が大好きで、ちょっと変わっているミステリアスお姉さん！

「いいえ？　私は近くまで来たから尋ねたのだけれど、その様子だと留守なのかしら」

「そうかも……？　私も約束はしていなかったけど、いつもならいるはずの時間帯だよね！　って、そう思って遊びに来たけど、物音がしないの」

私たちが困っていると、アパートの外階段から二人の女の子がやってきた。

「おや？　結菜ちゃんに水咲ちゃんだ？　二人で男子大学生の部屋の前で何をしているのかな？ほらほら、ノアちゃんもあそこに入らなくていいの？」

「べ、別にノアはセンパイに会いに来たわけじゃないですから！　た、たまたま新作ゲームを買ったついでに散歩をしていたら、偶然あなたに捕まっただけで、成り行きでなんというか、こう」

ちょいダメなところもあるけど、私たちの頼れるギャルお姉さん、きょーちゃん！

それと、私と同じゲーム実況配信者の甘カワ系女子のノアちゃんだ！

「珍しい組み合わせだね！　もしかして二人も、りーくんに……？」

私の問いかけに、響香さんは手に持った缶ビールのパックを見せながら頷き返す。

「そうそう。バイトがお休みだから、理人と飲もうと思って。その前に水咲ちゃんに電話をかけたのに、全力でシカトされちゃったから。くすん」

「無視もするわよ。だってあなた、酔うとすごく面倒くさいし話題もループするし」

「でも最後まで電話に付き合ってくれて、ウチが寝落ちするまで無言で聞き役に徹してくれるよね！」

「あれはあなたが寝るまで、スマホを机の隅に置いて読書しているだけよ」

衝撃の事実に「ひぃん！」と切なそうな声を上げるきょーちゃん。

何だかんだ、二人とも仲良しですごくいい関係だよね！

「それで、ノアちゃんは？　本当に散歩していただけ？」

「え、えっと……そ、それは、ですね」

私の言葉に、ノアちゃんは顔を赤くして返事に困っている感じだったけど。

でも最後には鞄からゲームソフトを取り出して、それを見せてくれた。

「この新作、話題なので……センパイと一緒にしたくて……」

「わぁ！『スプライトゥーン3』だ！　私もちょうどそのゲームやろうと思っていたの！良かったら二人で協力プレイしようよー！」

「え？　嫌ですけど。ノアはあくまでセンパイと遊びに来たのであって、『艶姫』の中の人と二人で遊ぶことには興味が無いので」

「うぅ、ノアちゃんに塩対応されちゃった……あれ？　りーくんから返事きた！」

スマホが震えて、短いメッセージを受信する。

トークアプリを開いてみると、そこにはこう書かれていた。

『急遽《きゅうきょ》、教授の手伝いをすることになって、出かけている。今日は夕飯作れないかも……悪いな』

……だって」

私がスマホの画面を三人に向けると、ミーちゃんときょーちゃんが覗き込む。

ノアちゃんだけはそっぽを向いちゃっているけど、目線だけはちらちらと、何度もこっちを向いている。気にはなっている……のかな？

「仕方なさそうね。私はこれで失礼するわ。隣の駅に大きな書店が出来たそうだから、そっちに行く途中だったの」

「それって先月オープンしたショッピングモールのこと？　せっかくだから、ウチも一緒に行っていい？」

きょーちゃんの言葉にミーちゃんは微妙に迷惑そうな顔をしていたけど、「ご自由にどうぞ」と諦めたように返事をしていた。

断っても勝手についていきそうだよねぇ、きょーちゃん。

「じゃあ私も一緒に行きたい！　クラスの子が話していたけど、お洒落《しゃれ》なカフェとかフードコートとか、有名なアパレルショップもあるみたいだし！　みんなで……」

その時、ふと横を見たらノアちゃんが何だかそわそわしている様子だった。

これは私のお節介かもしれないし、距離感を間違っているかもしれない。

それにまた振られちゃうかもしれないけど……ううん、それでも大丈夫！

「ノアちゃんも、一緒に行こうよ！」

「えっ」

気の抜けた声を上げるノアちゃん。あれ？　やっぱり私の勘違いだったかな？

何だか一緒に行きたそうな、そんな顔だったのに。

「いいねー！　ノアちゃん、暇なら一緒に行かない？　お姉さんが飲み物くらいならご馳走してあげちゃうぞ！」

「ノアさん。何か用事があったりするなら、私たちのために無理はしなくていいから」

きょーちゃんとミーちゃんは、それぞれ違った気遣いをしていたけど。

二人とも、ノアちゃんが一緒に来てくれるのは大歓迎みたいだね！

「そ、そうですね。ノアは散歩の途中で、別に用事は無いですし？　あ！　そういえばお洋服を見ようと思っていた気がするので、その……行っても、いいですか？」

私たち三人は、ノアちゃんの言葉を聞いて強く頷く。

「もちろん！　私たち四人で、一緒にデートをしようよ！」

いつもの三人から、いつもと違う四人。

何だか、すごく楽しい一日になりそうな気がする！


「というか……四人いたら、デートというより女子会じゃないの？」

駅に向かう道中。お喋りをしていると、ミーちゃんがそんなことを口にする。

その疑問を解消してくれたのは、その横を歩くきょーちゃんだった。

「ふふふ。甘いわね、水咲ちゃん。世の中には四人でデートをすることもあるの。カップル二組でする、ダブルデートというイベントが！」

「ダブルデート？　それに何の意味があるの？　途中で恋人を交換するとか？」

「そんな寝取られ的な展開は無いけど!?　うーん、何だろう？　経験の浅い中高生は、二人きりより四人グループで行動する方が緊張しない、みたいな？」

確かに私の友達も、ダブルデートをしている子がいたなあ。

「分かるかも！　みんな仲良しなら、二人の時間と同じくらい四人一緒も楽しいはず！」

「ウチも高校生の頃は四人の女子グループで遊ぶことが多かったかなー。水咲ちゃんは？」

「一人グループで遊ぶことが多かったかしら」

「無表情で冗談を発するの、怖いからやめてね？　ノアちゃんは？　モテそうだけど！」

「の、ノアですか？　まあノアは高校生の頃男女問わずガチで人気でしたし、チート級にガチでモテましたし、つまりそういう経験についてはガチガチのガチで……えっと。な、内緒ですが!?」

「超早口で捲《まく》し立てながら顔赤らめているの、ガチで可愛すぎるでしょ。ふふっ。そこまで言うなら本当ってワケね？　今日はせっかくだから、四人で一緒に……経験値、増やしちゃおっか？」

そう言ってきょーちゃんは、ミーちゃんと手を繋ぐ。

それだけなら微笑ましいけど、指を交互に絡めた繋ぎ方だ……！

「ほら、水咲。あんまり車道に寄ると危ないぞ？　俺の隣を歩くといい」

「……それは一体、誰の真似をしているのよ、響香。急に指を絡めてこられたら、びっくりするじゃない」

「あれれー？　つまり、急じゃなかったらいいってこと？」

「まあ……別に。あなたと手を繋ぐ程度なら、構わないわ」

嫌そうな顔と嫌そうな声だけど、ミーちゃんはきょーちゃんの手を振り払うことはなくて、そのまま二人で歩き続けている。何だかこっちが照れる光景だぁ……！

あ！　そっか！　女の子同士なら、少しくらい距離感近くても大丈夫かも！

「ノアちゃん！　私たちもはぐれないように……う、腕とか組まない？　えへへ！」

「へ？　腕を組んだら歩きづらいだけでは？　何かの縛りプレイですか？」

「で、ですよねー！　あ、あはは」

うーん、これは失敗。ノアちゃんともう少し、仲良くなりたいのになあ。

よし！　お買い物の時に再チャレンジしよう！　せっかく皆でお出かけしているわけだし、これはきっと、距離を縮める大チャンスだね！


「よーし、到着！　噂には聞いていたけど、本当に大きいねー！」

電車で隣駅に到着する。駅直結のショッピングモールは、私たちの町にあるものより何倍も大きくて、何だか……見ているだけでワクワクしちゃう！

「それじゃあ、私は本屋に向かうから。またね」

一人でさっさと行ってしまいそうになるミーちゃんの腕を掴んで、それを止める。

「ちょ、ちょっと！　ミーちゃん！　四人で来たのに、それはおかしい気がするよね!?」

「そう？　一緒に行くことが目的で、あとは自由行動だと思っていたけれど」

「そんなデート、絶対に嫌だよぉ！　皆でお店回るのとかさ、だめぇ……？」

「いいえ、嫌じゃないわ。私、一人で行動することが多かったから。昔からの癖で、つい」

そう言って微笑んでくれるミーちゃんの顔は、すごく魅力的で。

出会った頃は全然笑ってくれなかったけど、こんな綺麗で可愛い顔を向けられたら、男の子は恋に落ちちゃいそう……！

「それじゃあ、水咲ちゃんも納得してくれたことだし、まずは服でも見に行かない？」

「あ、いいかも！　きょーちゃん、服の感じが大人っぽいし、色々参考にしたい！」

「……服なんて清潔であれば、何でも良いと思うけど。ねえ、ノアさん？」

「え？　同類扱いされています!?　ノアは結構こだわりあるタイプですが！」


何てことのない会話をしながら、私たちはまず二階にあるファッションフロアを回った。

普段は入りづらいお店も、みんなと一緒だと気軽に回れて、すごく楽しい！

「ほらほら、ノアちゃん！　このセーターとかセクシーで良くない？　背中と胸の谷間がガッツリ開いていて、すごく似合うと思う！」

「ちょっ!?　ノアの胸を凝視しながら、そんなえっちな服を押し付けないでください！」

「せっかくの美点は活用しないと、ね？　あと単純にウチが見たいだけだから、試着して？」

「ノアを煩悩の着せ替え人形にしないでくれます!?」

「えー、残念。理人もこういう服を好きって言っていた気がするけどなー？」

「……試着室って、どこですかね？　あとその話について、詳しく」

きょーちゃんが好きなアパレルショップは、ちょっと過激で私とミーちゃんは試着する勇気も出なかったけど、ノアちゃんは気に入った……のかな？


「ミーちゃんは普段、香水とか使わないの？」

コスメショップで物色をしている最中、興味深そうに香水を見ているミーちゃんに尋ねてみた。

「ええ、そうね。髪も身体も普通のシャンプーとソープだし。でも、このフレグランスは少し気になるわ……ポップに書いてある、『爽やかな恋を、引き寄せる香り』ってフレーズが」

「あはは。店員さんお手製のポップだよね。本当なのかなー？」

「科学的に実証されているのかしら……？　女性が放つフェロモンが由来だとか、あるいは誘引効果を高める何かが含まれている、みたいな。気になるわ」

「そ、それはどうかなぁ？　店員さん、多分そこまで考えていないと思うよ」

私の言葉に、ミーちゃんは「残念ね」と言いながらテスターの小瓶を手首につけて嗅いでみる。

シャボン系で爽やかな匂いが、ミーちゃんにすごく似合う。

ミーちゃんも気に入ったのか、耳の下にも少しつけていた。

「何か面白いものあったー？」

するると、店の奥に行っていたきょーちゃんとノアちゃんが私たちの元に戻ってきた。

「ミーちゃんが香水を試しているの」

「へぇ……そういえば、水咲ちゃんは普段使わないっけ。ん……んん？」

きょーちゃんはミーちゃんの背後に回って、子犬のように匂いを嗅ぎ始めた。

「ウチ、この匂い好きかも……水咲ちゃん自身との相性もグッドな気がするし！　ちょっと、そちらのお嬢さんたちも嗅いでみ？」

促されて、私とノアちゃんもそれぞれミーちゃんの身体を嗅いでみる。

「うん。私はさっきも嗅いだけど、すごくいいよね！」

「これは……確かに、いいですね。何度も嗅ぎたくなる中毒性があります」

女の子三人に囲まれて、クンクンと何度も身体の匂いを嗅がれて。

そんな状況が、ミーちゃんはすごく恥ずかしかったのかもしれない。

「や、やめて！　こんなの、いけないことをされているみたいで……も、もうだめ！」

ミーちゃんはそう言い残して、コスメショップから足早に出ていってしまった。

ちょっとやりすぎちゃったかも。あ、でもこれって。

「誘引効果はあった、のかな？　女の子を三人引き寄せられたし。なんてね！」

「あ、見て！　楽器屋さんの前にフォトスポットがある！」

フロアを歩いていると、きょーちゃんが面白そうなものを発見した。

SNSをやっている人向けに、撮影が出来るスペースだ。音楽スタジオみたいな背景パネルが立っていて、小道具として使えるエレキギターが置かれている。

「誰が一番映えるか勝負しよう！　高得点な子は理人に写真を送っちゃうからね！　まずはウチから！」

きょーちゃんはギターを肩から下げ、それっぽく構えてみせた。

「わぁー！　すごく似合う！　ハードなロックをやっているお姉さんみたい！」

「……ええ。意外と悪くないわよ、響香」

「そうですね。ええ、まあ及第点じゃないですか？　この前の色んな意味で苦しそうだった制服よりは、とっても自然で似合っていると思いますよ」

思わぬ好評を受けて、きょーちゃんは割と本気で照れながらギターを下ろした。

「こ、こんなに褒められるのは予想外で、お姉さん照れちゃうな。次は水咲ちゃんね」

次に手渡されたミーちゃんは、怪訝《けげん》な顔でギターを持ってみた……けど。

「こんな感じ？　持ち方が分からないわ」

「独創的な持ち方がロックンロール！　みたいな気がする！」

「あはは！　やっぱり、水咲ちゃんにはハードカバーの本の方が似合うかなぁ」

「死ぬほど似合わないですが、それが逆にバズりそうな……いや、無いですね」

大不評を受けたミーちゃんは、「分かっていたわよ」と呟いて私にギターを押し付けた。ちょっとだけ拗ねていて、何だか可愛い。

「結菜ちゃんがギターを構えると、軽音楽部のアニメや漫画の主人公みたいで可愛いわ」

「くぅ……ま、まあ制服を着たら似合いますよね。制服パワーのおかげですよ」

「うんうん、この前制服を着て違法ＪＫを演じたウチには分かるよ。やっぱり現役で合法なＪＫは違うよねえ。すごく似合っているよ、結菜ちゃん！」

いぇい！　私も結構高評価だ！

「明日から配信でギターの練習とか、しちゃおうかな？　てへへ。じゃあ、最後はノアちゃん！」

「い、いや、あの。ノアがギターを持つと……似合わないわけではないのですが、その」

「みんなやったわけだし、ノアちゃんだけ仲間外れはダメだよー。ほらほら」

私がギターのストラップを肩にかけてあげると、ノアちゃんは諦めたようにギターを構えてみせた。

「すごい！　髪型と色が相まって、病んでいるゴス系バンドみたいだよ、ノアちゃん！」

「ちょっとロリ甘な服装が、衣装っぽくてすごく似合う！　ついでにストロングな缶チューハイかエナジードリンクを装備していると更にいいかも！」

「大学の軽音サークルに、こういう子居た気がするわ……」

あまりの完成度に驚嘆する私たちだったけど。

「ほらぁー！　絶対こうなるから嫌だったのにぃ！　ノアの見た目でギターなんかキメたら、完全に地雷系サブカル女子じゃないですか！」

ノアちゃんは顔を真っ赤にして、恥ずかしさを誤魔化すためにギターを乱雑に弾く。

その様子がまたいい感じだったけど、言ったら怒られちゃいそうで黙っていた。

「はーい。じゃあ、ベストギタリストになったノアちゃんを中心にして、一枚写真撮って理人に送ろうか。みんな、寄っておいで」

「いやぁ！　センパイにだけは見られたくないのにぃ！」

きょーちゃんはスマホを自撮りモードで構えて、嫌がるノアちゃんの隣に並ぶ。私とミーちゃんも前後に並んでそのフレームに収まる。

パシャリ、と。『今日』の思い出が一枚出来上がって。

私たちはその素敵な写真を、大好きな男の子に送信して……それからまたショッピングモールを歩き始めた。


色んなお店を巡って、色んな言葉を交わして、色んな時間を共有して。

そろそろ一通り目ぼしいお店を回り終える頃に、きょーちゃんがある提案をした。

「プレゼント交換会をします」

その突拍子もない言葉に、私たちは顔を見合わせる。

「えっと、どういうこと？」

「今日は一応デートでしょう？　デートといえばプレゼント。一緒に過ごした相手を想って、何かをあげないといけないの。これはもう法律で決まっているの」

「あのね、響香。そんな法律あるわけ――」

「というわけで！　各自一つ、何かを買って三十分後に最上階のテラスに集合ね！」

ミーちゃんの言葉を大きな声で強引にねじ伏せて、きょーちゃんは去って行った。

「私たちも行こう！　四人で出かけた、初めての記念として！」

そう言うと、ミーちゃんとノアちゃんは呆れたように笑いながらも、「じゃあ、あとで」と言い残してそれぞれ目的の店へと向かって行った。

私が今日、あげたいプレゼントは……うん、決めた！

「喜んでくれると、嬉しいなあ。ふふっ」


「よし、無事に全員集合！　早速だけど交換会を始めようか！」

テラスに向かうと、私以外の三人は既に到着していて、私が合流してすぐにきょーちゃんの一声で交換会がスタートした。

「ところで、誰が誰にプレゼントを渡すのですか？　指名制だと変な空気になりそうですし、ランダムがいいと思うのですが」

ノアちゃんの言葉に、きょーちゃんは「確かに」と頷く。

「それじゃあ、今座っている席の時計回りで、隣の人にプレゼントを渡すとか？　みんな何も考えずに着席したわけだし。最初に渡す人は」

「ノアからでいいですか？　大したものではないので……」

「おっけー！　時計回りだと、ノアちゃんはウチが相手だね。嬉しい！」

「ど、どうぞ。普段使い出来るもので、選んだつもりですけど」

ノアちゃんから紙袋を受け取ったきょーちゃんは、早速それを開封する。

中から出てきたのは……布の、何か？　ハンカチかな？

「ノアちゃん？　これって……」

「はい！　マスクです！　色は黒ですけど、フリフリのレースがついていて、横には小さなハートも刺繍《ししゅう》されているし、すごく可愛いでしょう！」

「……お、お姉さんの見た目的にこのロリカワなマスクは」

「あ、あれ？　もしかして、嫌でした……？　ノアが普段使っているものと、似ているデザインを選んだのです、けど」

戸惑っているノアちゃんに、きょーちゃんは慌てて首を横に振る。うわ、すごい。高速すぎて髪がグシャグシャになっちゃっているよ。

「ううん!?　嬉しいよ！　ウチ、冬場はバイトでマスクとかするし!?　こ、今年の冬はこのマスクで乗り切るぞー！」

きょーちゃんはそう言って、マスクを大事そうに鞄にしまったけど……あれ、多分バイト先のコンビニで着けたら怒られるんじゃ……？

「よーし！　次はウチがあげる番！　お相手は……水咲ちゃんだね！」

「今日はあなたの相手ばかりして、とても疲れるわね」

「そんな可愛くないこと言わないの！　ほら、可愛いお洋服をあげるから！」

きょーちゃんからショッパーを手渡されたミーちゃんは、一瞬だけ嬉しそうだったけど。

その中に入っている服を見て、顔を強張らせた。

「……響香。この服のどこが可愛いのかしら？」

「えー？　すごく可愛いでしょ？」

「さっき、あなたとノアさんが試着していた服よね、これ……」

「そうそう！　背中と胸の谷間がガッツリ開いているのが可愛い！　セールで超安かったから！　いやー、まさか水咲ちゃんに当たるとは思わなかったなあ。春になったら大学に着ていくとか、どう？　すごく似合うと思うし！」

「思い出した。ちょうど雑巾が欲しかったのよね。ありがとう」

「着てよ!?　何ならウチと今度飲む時、着てみてよぉ！」

ミーちゃんは縋《すが》りついてくるきょーちゃんを押し退《の》けて、テーブルの上に置いていた小さな紙袋を私に手渡してきた。

「次は私の番ね。本屋で選んだの。私がすごく好きな作品よ」

「えー！　すごく嬉しい！　そろそろ新しい本が欲しかったところ……だった、の」

袋の中から出てきたのは、『このホラー小説が怖すぎる！』という賞で大賞に選ばれた、恐ろしい装丁の一冊だった。

「前からこの作品はもっと評価されるべきだと思っていたし、今回の受賞は納得ね。結菜ちゃん、ホラーゲームをしていたくらいだし、ホラーに興味があるのよね？」

「う、うん。ゆいな、ホラーしょうせつ、だいすきなので」

「ふふっ。そんなに表紙を見つめちゃって……今から読むのが楽しみなのね」

私は積読が確定したホラー小説を袋に戻して、自分のプレゼントを取り出す。

あげる相手は、ノアちゃんだ。

「私からノアちゃんには、これをあげるね！」

「あ、ありがとうございます。これって……もしかして」

ビニール袋の中からプレゼントを取り出したノアちゃんは、目を丸くする。

「ゲームのコントローラー、ですよね？　それも結構高い、ハイエンドモデル」

「う、うん！　ちょうど一階にある家電屋さんのポイントが貯まっていたから、それを使って買ったの！　どうしてもノアちゃんにあげたくて！」

「……そうですか。でも、プレゼントをあげる相手が私以外だったら、どうするつもりだったんですか？」

「あぇ？　あ！　そっか！　相手がノアちゃんとは限らなかったよね」

「そうですよ。全く、ドジっ子ですね。だけどこのプレゼントはすごく嬉しかったので、い、一応、お礼を言わせてもらいますね。ありがとうございます……結菜ちゃん」

笑ってくれた。ノアちゃんが、すごく嬉しそうな笑顔で。

私が今日のデートで、きっと一番見たかったもの。

仲良くなりたかった相手に喜んでもらえて、すごく嬉しい――！

「今度そのコントローラーを使って、二人でゲームをしようね！」

「はい。叩きのめしてやりますよ。リベンジですね、ふふっ」

「あれ？　私、協力プレイがしたかったのに!?」


プレゼント交換会が和やかに終わって、歩き疲れた私たちは軽めの食事をすることにした。

最初はどのレストランに入ろうか悩んだけど、私たち四人はそれぞれ食べ物の好みが違うから、なかなか決まらなくて。

「私、ちょっとだけごはんもの食べたい！」

「私はパンとか、そういう軽いものかしら」

「ウチはチキンが食べたい気分！　お肉！」

「ノアは単純に喉が渇いたので、自販機でもいいですけどね」

ちょっとだけ変な空気になっちゃって、ショップガイドの看板と何度も睨めっこして。

このままじゃ一生決まらないよー！　どうすればいいのかなぁ……？

「よし、じゃあ全員食べたいものを食べよう！　誰かが我慢するのは、絶対にダメ！　それぞれ好きな物を選んで、一緒に食べれば解決だと思わない？」

きょーちゃんの提案は、すぐに意味が分からなかったけど。

「ああ、そういうことね。レストランじゃなくてフードコートなら、それが出来る」

「ピンポーン！　水咲ちゃん、大正解！　このショッピングモールは大型フードコートも目玉だから、全員が食べたいものあると思うし！」

その素敵なアイディアに私たちは顔を見合わせて頷いて、四人掛けのテーブル席を確保してから、それぞれ好きなお店に向かった。

ちなみに私が選んだのは、牛丼屋さんのミニ豚丼！

期間限定でキャベツたっぷりの新作が出ていたので、ついつい選んじゃった。

夕方前という時間帯もあり、全員がすぐに買ったものを持って、戻ってくる。

「私はサンドイッチのファストフード店で、ツナサンドにしたわ」

「ウチはチキンの店で激辛クリスピーチキン！　コンビニでも売っているけど、やっぱりこういうところのチキンはおいしいよねー」

「ノアはコーヒーショップで、映える感じのマンゴーフラペチーノです」

全員が揃ってから、私たちは手を合わせる。

「それじゃあ、いただきます！」

有名なチェーン店の豚丼は、やっぱりおいしい！

「うん、おいしい！　たまなはお祖母ちゃんが送ってくれるのと比べて、少しシャキシャキ感が無いような気もする、けど」

家で作ろうとすると、この焼き加減とかタレとか、きっと難しいよね。

だから外食のごはんって、本当は誰にとっても特別なはずだけど。

「ツナサンドも、悪くないわ。昔、コンビニで買ったものを友達からもらったり、ツナを使ったおいしいパスタを食べたりしたことがあるけれど、こういうお店で売っているツナ料理も、それなりね」

「あー、分かる！　ウチも前にホットチキン作ってもらって食べたけど、それとはまた違う味があるよね！　このクリスピーチキンもおいしいけど、ね」

「ノアも、普段からよくこのチェーン店で激甘な見た目が可愛い飲み物を頼みますけど、マンゴーがもっと、爽やかに活かされているドリンクでも、いいかなって……」

全員が食べている途中に、同じ人のことを考えている。

私たちにとって特別な味は、値段が高いとか、そのチェーン店ならではの唯一無二の味とかじゃなくて、きっと――。

大切な人。

大好きな人が、自分を思って作ってくれた……幸せなテーブルの上に並ぶごはんだ。

ほんの少しの沈黙が流れた、その時だった。

「あ、りーくんからだ」

私は振動したスマホを確認して、メッセージをくれた相手の名を呟く。

ミーちゃんも、きょーちゃんも、それから今度はノアちゃんも。

みんなで一緒になって顔をくっつけて、スマホを見つめる。


『響香さんから貰った写真見たぞ！　楽しそうでいいな』

『俺はようやく教授から解放されたよ。ギリギリだけど夕食の時間には間に合いそうだ。何か食べたいもの、あるか？』


届いたメッセージを見て、みんなの顔に笑みが浮かぶ。

言葉には出さなかったけど、考えていることは一緒だよね。

年齢も、食べ物や服の好みも、趣味だって。それぞれ違うみんなだけど……。

大切な人への想いだけは、みんな同じだから。

「ねえ、みんな！　今からりーくんちに、遊びに行こうよ！」

私の提案に、全員が楽しそうな声を上げる。

「いいわね。浅生君にも、何か本を買ってあげようかしら」

「ウチは買った服を見せてあげようかな！　理人には刺激が強いかも？　うひひ」

「ノアはセンパイのために甘い物を買って、お疲れの身体をマッサージしてあげます！」

今日はお腹も心もいっぱい満たされた、とっても充実した最高の一日だったけど。

もう一品だけ。おかわりしても、いいよね？　えへへ！

結菜（CV 相良茉優）の
『ハピてる』ASMRボイスドラマ
発売中!!
『ハピてる』がASMRボイスドラマに！
詳細や単行本特典ドラマをお届け♡
結菜と一緒に
お料理、ごはん、
ゲームに耳かき♡

ボイスドラマあらすじ

ある日、一緒にゲームをして夕飯を食べる
約束をしていた主人公と結菜。
ところが、主人公が手を怪我してしまい、
料理もゲームも難しい状態に。
いつものお礼にと、結菜は張り切って
主人公の“**手**”になろうとしますが——？

結菜が主人公のために、**お料理したり**、
食べさせたり、**耳かき**や**マッサージ**も……!?

ボイスドラマ詳細

お隣JKとお部屋でごはんデートASMR
『Happy♡Table』
～一緒にお料理、手当て、ゲーム、耳かき、マッサージ♡～

発売日：好評配信中！　配信：DL Site
出演：相良茉優
特典：❶初回購入特典　❷単行本特典ドラマ
◀**ボイスドラマや特典の詳細はこちら**

単行本特典ドラマ視聴はこちらから！

https://kdq.jp/yuina_tokuten

※単行本特典ドラマ視聴方法、詳細は「G'sチャンネル」や公式Twitterをご確認ください。

次ページから、なんと**単行本特典ドラマ**の
シナリオを特別大公開！

『ハピてる』ASMRボイスドラマ・単行本特典ドラマシナリオ

桜木結菜役：相良茉優様
主人公：ボイスなし

★ボイスドラマ本編シーン5の一幕
——膝枕で寝ている主人公にいたずらをする結菜

【SE】衣擦れ
◆立ち位置：主人公正面左

結菜　「おやすみって言ってから、随分時間経っちゃったけど……
本当に、ぐっすり寝ちゃっているね」

結菜「ちゃんとお布団で寝て欲しいけど、大丈夫かなぁ？
風邪ひいちゃったら、大変なことになるのに」

結菜「あ、でも……そうなったら、私が看病してあげられるかな？
おかゆを作ってあげて、熱をおでこで計ってあげる……とか」

結菜「えへへ。それは流石に、妄想しすぎかな？
でも、恋愛漫画とかでよくあるシチュエーションだし、憧れちゃうよね」

結菜「この状況も、ちょっと漫画っぽい？」

結菜「全く、本当に幸せ者だよねぇ。今日は女子高生にこんなにたくさん、
色々なことをしてもらえて、最後は膝の上で寝息を立てちゃって」

【SE】髪を撫《な》でる

結菜「わっ。思ったよりサラサラで、何だか触っていて気持ちいいかも？
何か手入れしているのかな？　シャンプーだけだったら、少しずるい」

結菜「（いたずらっぽく笑う感じで）寝ているなら、何をしても怒られないよね？」

結菜「ふふふ。いいこと思いついちゃった！　おっと……静かに、そーっと、だね」

結菜「髪の次は……ほっぺを、ぷにぷにしちゃったりして」

【SE】頬をつつく

結菜　「もちもちだぁ。なんか、私のほっぺより柔らかくない？」

結菜　「ねえねえ、これでも起きないの？
寝たふりだったら、このほっぺを食べちゃうよ？　カプッ、って」

結菜　「な、なんちゃって。そんなことをしたら、
まるで（消え入るように）キ……ス」

結菜　「う、うん。それはやめておこうかな。
私がよくても、勝手にそんなことをして怒られたら悲しいもん」

結菜　「起きてない、よね？　うーん。ここまでいくと、逆に起こしたくなってきた」

結菜　「じゃあ次は、少しだけ……刺激の強いこと、しちゃう？」

【SE】耳に息を吹きかける

結菜「ふぅー……あ、今ちょっとだけモゾモゾした。耳を触られた猫ちゃんみたい。こんな世界中の男子が羨《うらや》むようなシチュエーションなのに、まだ夢の中？」

結菜「一体、どんな夢見ているのかなぁ……？　ごはんを作る夢？　食べる夢？　それとも、誰かと一緒に過ごしているの？」

結菜「その誰かが、私だったらすごく嬉しいのに」

主人公『（寝言で、結菜と聞こえるような言葉を漏らす）』

結菜「え？　あ、あれ？　起きているの？」

【SE】顔をのぞきこむ。衣擦れ

結菜「び、びっくりした……今のを聞かれていたら、流石に恥ずかしすぎるよね。
でも、そろそろ起きてもいいと思うけどー？」

結菜「じゃあ、触れてみちゃおうかな。唇とか……」

【SE】唇に指を当てる

結菜「これは流石に起きるよね？　ちょんちょん、
ちょっとだけ起きて布団に移動しましょう……ひゃん！」

【SE】指を小さく咥《くわ》える音

結菜「（悶《もだ》えるような声）……～っ！　そ、それは流石にだめ、だってぇ」

結菜「う、っくぅ……あ、危なかった。声が漏れちゃうところだった。
口に何か触れたからって、それを舐《な》める!?」

結菜「猫ちゃんだって、子猫以外こんなことにならないよ、もうっ」

結菜「……私が勝手に赤面して、勝手に怒って、勝手に照れているだけなのに、
何だかすごく疲れたし、ちょっと悔しい」

◆立ち位置：主人公左耳近く

結菜「（ささやきより少し大きい声）ねーえ、そろそろ起きてよー？
女の子を一人放っておくなんて、悪い男の子だよー？」

結菜　「こうなったら最終手段を使っちゃおうかな？
　一瞬で目が覚めるような、とびっきりの言葉を――」

主人公　『（寝言で）オムライス、おいしいなあ』

結菜　「お、オムライス……？　おいしいなぁ？」

結菜　「……っぷ。ふふっ、あはは。えぇー？　なにその寝言」

結菜　「さっき食べたばかりなのに、夢の中でも私の手料理を食べているの？
　しかも、すごく幸せそうな顔しちゃって」

結菜　「（呆《あき》れたように笑う）仕方ないなあ、あとちょっとだけ寝かせてあげるね」

結菜「私も、普段は絶対できないことをさせてもらったし」

結菜「起きたら真っ先に、私の顔を見て『おはよう』って言ってほしいな」

結菜「だからもう少しだけ、夢の中でも……私と一緒に、ごはんを食べていてね？」

『ハピてる』マスコットキャラクター

おこメェの秘密♡その❹

G's連載中は漫画で
作中の簡単レシピを楽
しく紹介していたおこメェ。
料理も得意だけど
何より食べるのが大得意!!!

『Happy♡Table――いっぱい食べるキミが好き――』単行本発売記念　月見秋水スペシャルインタビュー

『ハピてる』を通して伝えたいメッセージや書きたい想いを教えてください。

月見：とにかくおいしい食事と可愛い女の子のお話なので、その両方を堪能して欲しいです。僕は作家デビューから一貫して、女の子たちが頑張る物語を書くのが大好きなので、ほんの少しでも結菜たち『ハピてる』のヒロインを好きになってくれたら、作家としてこれ以上の喜びはありません。そして読者のみなさんが、彼女たちが作中で食べた料理を同じように作って、食べて、この世界をいっぱい「味わって」いただけたら幸せです！

各ヒロインへの想い、書く際に気をつけていることをお伺いできますでしょうか。

まずは、明るく元気な女子高生・結菜についてお願いします。

月見：持ち前の明るさと純粋な心で、年上の理人や他の女の子たちを良い方向に引っ張ってくれる、世界一可愛い女子高生です。結菜を書く時は、他のヒロインでは出来ない役割を担ってもらうことが多いです。年相応の可愛さに満ちた子ですが、あまりにもおバカにならないようにギリギリを攻めています！（笑）　実は僕自身、物語を書く上で結菜の真っすぐさに助けてもらうことが多いです。こんな子が近所に居たら最高ですよね。

続いて、不器用マイペースな日本美人・水咲はいかがでしょうか。

月見：作中、最も我が強い女の子ですよね。人付き合いが苦手で、当初は食事も好きじゃないという、まるで『ハピてる』のテーマからは真逆の位置にいるような子ですが、だけどそんな彼女だからこそ、まだまだ知らない「楽しさ」に満ちていると思うので、今後もたくさん弄られながら成長して欲しいです！　一方で、冷たすぎる感じにならないように、水咲の行動や台詞は特に気をつけています。初期は担当さんにサイコパスキャラだと思われていたこともありました（笑）。すごく不器用だからこそ、とにかく応援したくなる子ですよね。

面倒見のいいセクシーお姉さん・響香について教えてください。

月見：最年長でグラマラスという、ど真ん中ストレートなセクシー担当！　大人だからこそ出来る攻めを活用し、それでいて精神的な脆《もろ》さもある、ウイスキーのように味わい深い魅力的なお姉さんです。結菜とは違う感じでふざけてもらうことも多く、どのキャラとも掛け合いが楽しいです！　僕の最初期構想ではもっとミステリアスで余裕のある強キャラお姉さんになるはずだったのですが、蓋を開けたらこんなにも愉快な人になってしまいました。どうして……？（笑）

後半から参戦した、あざと可愛い一途な後輩・ノアはどうでしょう。

月見：誰よりも嫉妬と独占欲が強いくせに、すごく寂しがり屋でロマンチストな一面がある、非常に面倒くさくて可愛い後輩ちゃんです。水咲に続く食事苦手キャラで、第一部ではある意味でラスボス的な役割も担ってくれたので、これからは書き下ろし物語で垣間見えるような、デレの部分も増やしてあげたいですね。理人の過去を知っていて、誰よりもずっと片思いをしているノア。そんな彼女の参戦は、今後『ハピてる』をさらに盛り上げてくれるでしょう！

最後に、主人公・理人についても教えてください。

月見：万能に見える男の子ですが、学力も体力も人並み程度で、「料理人」から取って理人なんて名前の設定があるにも関わらず、実はちゃんとした料理は苦手です。例えば魚を捌《さば》くことは出来ないし、揚げ物や焼き物をすればたまに焦がす。だからこそ簡単レシピに頼っているわけです。彼の良いところは、一話～三話が特に顕著ですが、気取らない優しさと気配りなんですよね。だけど下心が無さすぎるがゆえに、勘が鈍くて自己評価が低いところがあるので、もう少し成長していこうね、理人！

ヒロイン同士の関係性について、書いていて楽しいペアや、予想外に展開するペアなどがあれば教えてください。

月見：書いていて楽しいペアは、響香さんと水咲ですね！　面倒見がいいのに実は構って欲しがりなお姉さんと、そっけないけどそれを受け入れてあげる年下の女の子という組み合わせで発生する掛け合いがとても楽しいです！　予想外の展開を見せてくれるペアは、結菜とノアです。強気なノアが結菜の『配信者』としてのプライドや煽りを引き出す掛け合いは、理人含め今まで登場した子たちでは無理だったでしょうね。

第一部（一～十話）で思い入れのあるエピソードや注目ポイントはありますでしょうか。

月見：やはり七話の水着回、もとい海へのお出かけエピソードですね。登場人物全員の良さを発揮出来た、『ハピてる』ならではの楽しさを詰め込んだお話です。ヒロイン初登場回も好きで、女の子たちの理人と食事への思いが垣間見える感じが、改めて読み返してもお気に入りです。

第二部の連載も決定していますが、今後書いてみたいシチュエーションがあればこっそり教えてください！

月見：理人が女の子たちに甘やかされる展開とか、女の子四人のお泊り会とか、色々書いてみたいものはあります！　これからの物語はまだまだ決まっていないところも多いので、本編で実現するかは別として……ですけどね！　第二部も楽しい物語にしていきたいです！

最後に、読者のみなさまへのメッセージをお願いします。

月見：G'sマガジン三十周年企画の一つとして始まった、『ハピてる』を見つけてくれて、そして愛してくださって、本当に嬉しいです。美しいイラストと、おいしいレシピ。そしてこれからは楽しいコミカライズと、可愛いボイスドラマも加わり、ますます膨らんでいくこのコンテンツを、読者のみなさんと共に作り、共に楽しんでいけたら、この物語に関わっている一人として、かけがえのない幸せです。僕の力は微々たるものです。だけど、みなさんの大きな応援と力をいただいて、物語がもっと広がっていったら……それはもう、想像するだけでワクワクしませんか？これからも、『ハピてる』をもっと好きになってください！

そして、第二部もお楽しみに！

『ハピてる』マスコットキャラクター

おこメェの秘密♡その❺

じつはキャラデザ制作当初、おこメェの目は黒塗りだったけど、結菜のインナーカラーとお揃いのピンクになったよ！

COLOPHON

Happy♡Table
－いっぱい食べるキミが好き－
2023年1月27日　初版発売

著　月見秋水
イラスト　まったくモー助
レシピ監修　ぼく

企画・原案　電撃G's マガジン編集部
編集　檜垣ゆき代(電撃G's マガジン編集部)
吉田紀子

デザイン　関戸 愛(株式会社 ATOM STUDIO)
株式会社　明昌堂

発行者　山下直久

発行　株式会社 KADOKAWA
〒102-8177　東京都千代田区富士見 2-13-3
電話 0570-002-301(ナビダイヤル)
印刷・製本　共同印刷株式会社

Printed in Japan
ISBN 978-4-04-914802-2 C0093

小社ホームページ　https://www.kadokawa.co.jp/